中俄文学互译出版项目
俄罗斯文库

步履维艰
我们是亚美尼亚人，您是吹双簧管的

Мы, значит, армяне, а вы на гобое

［俄］尼古拉·克里蒙托维奇 / 著
Николай Климонтович

叶 红 / 译

中国人民大学出版社
· 北京 ·

目　录

第一章 ... 1
第二章 ... 22
第三章 ... 45
第四章 ... 58
第五章 ... 75
第六章 ... 95
第七章 ... 113
第八章 ... 130
第九章 ... 148
第十章 ... 158
第十一章 ... 172
第十二章 ... 188

译后记 ... 203

第一章 *

1

　　一切都源于一把铁锹，一把普通的尖头铁锹。双簧管演奏员在一家小五金店买它的时候正值热情高涨地给自己的新窝建配套设施并准备开发周边土地的时候。那块地有350平方米，被建筑工人堆满了砖头、沙子和水泥。300个平方米在后院，50个平方米在房子的正面，可以用来砌一个小花圃。

　　铁锹是他在附近镇上的"家用百货"店里买到的，它被卷在一张黏糊糊的像粘苍蝇纸一样的蜡纸里，这几乎是双簧管演奏员家里的第一把工具。

　　从妻子名下的公寓里离开的时候，他偷偷拿走了锤子，从速溶咖啡下面拿走了装满钉子的铁盒、平嘴钳和一把生了锈的小刀——这一切全都是作为这所房子的附属品继承下来的。尽管那所房子登记有他的名字，可他从来也没觉得那是自己的窝。那天在市场上他除了铁锹还买了些其他用品：一块漆布，

---

* 本小说原载俄国《十月》文学杂志2003年第8期。需要说明的是：本书中的脚注均为译者所加。

沉甸甸的一罐清油,还有一些零零碎碎的东西,比如一把像瓦工用的三角铲但又不是三角铲的工具,是用来除草的。

  双簧管演奏员下定决心要做一回主人,但刚刚到手的铁锹却没有个合适的把儿,这让他很是为难。后来他又去了趟市场,看到了一根棍子,就花6卢布买了下来。但棍子刨得很糙,一点儿也不光滑,结果他每次用锹的时候总要戴上手心是粗帆布、手背是绒布的劳动手套——可千万不能让手掌上扎刺啊。这把铁锹有个与众不同的特征,就是:它的头固定得不稳,因为锹头和木柄的连接处只钉了一根钉子,而且钉子太大,没完全钉进去,所以就这样弯在外面……周围这帮有钱的邻居家是根本不可能有这种摇摇晃晃的铁锹的。

  双簧管演奏员对自己的这把铁锹没高兴多久,只用它挖了两垄地,用来种了点香芹、生菜、茴香、小萝卜等小菜。而耙子是他向隔壁的亚美尼亚邻居借来的。结果他种的萝卜只长缨不长根,香芹倒是只长根不长茎,生菜也长成了咖啡色,但双簧管演奏员还是感到很骄傲,因为这是属于他自己的东西!他可不是穷得连市场上的蔬菜都买不起,恰恰相反,他还是经常去买的。

2

  宇航员没吱一声就从双簧管演奏员那里拿走了铁锹:他总是一声不吭就拿人家的东西。当双簧管演奏员去莫斯科不在家的时候,他拿走了立在人家屋后台阶上的铁锹,回家就开始挖土，挖了很久，很快他就挖到了坚硬的黏土层。其实他自己也有铁锹，对别人家的铁锹可以不用吝惜。干完活，宇航员把铁锹插在了警察家后门前的肥堆上，可能是忘了从谁家拿来的，或者他根本就懒得再多走 4 米的路返回双簧管演奏员家的台阶前——那堆大粪刚好就堆在他们两家中间，一家一家之间的栅栏当时还没有弄好。

警察发现了这把平白出现的铁锹，很是高兴，他一把拿走，用它挖了一个种苹果树的大坑。三天前妻子就吩咐他做这个活计，但他因为喝酒、吃羊肉串搞得酩酊大醉，这事就没干。警察刚干完，住在边套的亚美尼亚人亚瑟的母亲就来借工具。顺便说一句，这个亚瑟与圆桌骑士①没有任何关系，但却和大众饮食骑士②关系重大。这把铁锹引发的事件后来变得错综复杂。

双簧管演奏员两天后开着自己的那辆破老爷车从莫斯科赶回来才找回自己的铁锹，他想挖一条地槽种上紫菀做院子的边饰：他在回来的路上买了些花苗。他东看西看，到处也找不到铁锹让他感到很心烦。其实，并不是什么大不快让他沮丧，对那些他倒总是能勇敢地去面对，去反抗；倒是这些小事，一会儿丢东西了，一会儿看电视找不到眼镜了，要不就是拖鞋不见了，手套丢了，雨伞不知扔哪儿去了……与生活中这些烦人小

---

① 圆桌骑士是中世纪传说中亚瑟王麾下最高级别的骑士，他们会定期围坐在一张巨大的圆桌旁召开会议或者聚会。这里因为亚美尼亚人亚瑟和亚瑟王同名，所以作者这样调侃。

② 在俄罗斯，高加索来的居民多从事饮食业，诸如开饭馆、咖啡厅等等，他们的工作关乎大众饮食，因此这里作者称他们是"大众饮食骑士"，同样是调侃的说法。

事的斗争总是令他疲惫不堪……双簧管演奏员一脸愁容,走到屋后的台阶上,突然发现自己的工具竟然在隔壁老太太手里,她无论天气如何总是在菜园子里忙活。即使给他 1000 把铁锹,他也能一眼就认出自己的那把。他有些不好意思地对老太太说,这把铁锹是他双簧管演奏员的。老太太惊讶地回答,这把铁锹是几天前她亲自从普季岑警官那里租来的——老太太很喜欢用"亲自"这个词,比如她总是说:我们多尔玛尼昂家族的人亲自干什么干什么。

双簧管演奏员一眼就认出自己钉的那根歪翘在锹头固定孔里的钉子,他感到很气愤,老太婆竟然如此肆无忌惮地在他面前瞪眼说胡话。于是他上了二楼带阳台的书房,坐下喝起了酒,傍晚他像个小偷一样从隔壁人家的门廊处悄无声息地拿回了铁锹,藏了起来。

公平和正义在这有限的一小块地方暂时恢复了……

这座两层的红砖小楼能住四家,就是那种在欧洲城市的城郊被称为 townhouse 的小楼,它孤独地立在工人新村里,看上去像个老爷。周围都是矮房子,只有一层,一般就是木板和胶合板搭起来的,年头久了再加上常年留在上面的湿气,看上去黑乎乎的。到处都是破旧的板棚、鸡窝,随处可见污水坑和在那里动来动去的满身生疮的野猫、小心啄食的小鸟。离这儿不远处,一根根晾衣绳上挂满了各色衣服,醋栗和花楸树生长茂盛,结满果实,土豆秧的叶子都卷着;如果下雨,臀部下垂的大妈们就穿着背心和胶皮靴走来走去;如果天气暖和,她们就赤着脏兮兮的双脚、穿着花里胡哨的布拖鞋和亚麻的萨拉范①；男人们则晃来晃去，忙着脱粒。风把最近一家农场里的大粪味、垃圾的怪味、煎炸过食物的已发霉的剩黄油的臭味和旱厕所的恶心味一股脑都吹到了 town-house 里来。

当然，这座小楼可以说是文明的绿洲，因为这里通电，也通管道煤气，有浴室和温暖的卫生间，有锅炉提供热水，马桶连接到唯一的中央排水系统，生活在郊外的人们从来就不怀疑古罗马这项发明是确确实实存在的。

小楼前面有一条平坦的柏油马路从大公路通过来，一直延伸到某位州领导的别墅前。那座别墅建得很气派，显得鹤立鸡群。对这块被圈起来受保护的地方，村里人叫它银行家村，公路上一天到晚总是有一群群乱哄哄的士兵走来走去：早晨朝一个方向，晚上朝另一个方向，大概，他们是从附近驻军那里借来给有钱人盖房子的。

柏油马路到了银行家村就堂而皇之地中断了，后面就是坑坑洼洼的乡下土路。但是一年中任何时候、任何天气到我们的小楼还是没有问题的。然而如果想到村子的深处，在雨势不很大的情况下，只有自卸货车或者拖拉机才能进得去。

小楼里住了四家，每家都是两层四居室：上面是三个房间，下面是 9 平方米的厨房和客厅；卫生间、前后两个入户楼梯、一个我们这儿习惯按意大利方式称之为敞廊的宽敞的阳台和一个混凝土浇筑的大地窖，在那儿大家一般都用它堆放些破

---

① 萨拉范，俄罗斯民族服饰，女式无袖连衣裙。

烂，以备不时之需。那里还得抽湿。这些事周围的邻居早就做好了，当然，双簧管演奏员还没做。

3

双簧管演奏员名叫康斯坦丁，莫斯科人，50岁上下。他身材瘦削而结实，一头乱蓬蓬的头发，络腮胡子里已现出了花白，微鼓的鼻梁使他看上去更像个南方人。他是由于很偶然的机缘住进这座小楼的，事情是这样的：他的第三任妻子是个相当活络的女人。当他们15年前相识的时候，他30多岁，她比他小5岁，还不到30。他当时单身，到处巡回演出，过着美好的飞来飞去的飞人生活，有很多美金，80年代末就开通了VISA卡，用现在的话说，就是"酷毙了"。他穿着西班牙产的服装，开着当时非常显阔的玫红色"小九"①；住的两居室公寓面积虽然不大，但却很体面，而且位于高档的多罗戈米洛夫大街②。房间层高2.6米，嵌着雕花吊顶；厨房9个平方米，因为是开放式的，所以在这里就餐。家里有很多古董和绘画，都是追求他的搞艺术的前女友和早先的普通女友送的，也就是说，他一直过着衣食无忧的生活。

他后来的妻子当时没有自己的住房，带着前夫留下的年幼的女儿和自己的爸爸以及爸爸的妻子住在伊兹玛伊洛沃的一套

---

① 俄罗斯伏尔加汽车制造厂1987—2004年间生产的一款小型两厢轿车，正式名称为ВАЗ-2109，俗称"小九"。

② 多罗戈米洛夫大街位于莫斯科非常核心的区域。

三居室里。层高也是 2.6 米，厨房只有 6.5 个平方米。她的父亲曾是个将军，身材高大但却一副萎靡不振的神态，这在南方人中极为少见；他的妻子身材矮小，整天唠叨个没完。女儿的父亲——她的前夫——名叫热尼亚，是个足球运动员，但后来不知去向了。也就是说，他曾和他们一起生活过，不过早就因为家里没人需要他，因为他运动前途的终结和在最好的运动阶段无度酗酒而消失得无影无踪了。

这段罗曼史对于双簧管演奏员来说持续的时间太长，长得有点难受，就像是阵地上胶着的拉锯战，还好，并无成见的各方观战者很快就都明白了，这场恋爱的结局是注定的。

起初他的女友安娜表现得很是乖巧低调，少言寡语，耐心倾听，读他推荐给她的书，不是他推荐的她就不读，从不和自己的闺蜜们煲电话粥来打扰他；在家做饭，收拾屋子，在床上也从不苛刻——虽浪荡但有分寸，不会纠缠，不让他睡觉。她有一辆老式的迷你日古丽牌轿车，是她老爸买了伏尔加后淘汰给她的。她就是开着这辆车把双簧管演奏员演出穿的晚礼服、裤子、风衣和他扔在沙发、扶手椅上特别喜欢的格子围巾一次次送到"美国女人"干洗店干洗熨烫的。

她不聪明，可也不笨。大学毕业，专业是电脑程序。她给人的印象是一个在知识分子圈子里生活过的人；她不那么善良，可也不恶毒；她不乱花钱，可也不吝啬；不漂亮，但挺有魅力且可爱；不热情，也不冷淡——一般人对这种不苛求的女人是很容易习惯的。

还不到 45 岁，尽管有点早，双簧管演奏员就开始苦恼于这种像吉普赛人一样居无定所的生活。他厌倦了国际机场，厌倦了蓝色海岸宾馆、宾馆里的游泳池和那些根本不需要就跑来更换毛巾的殷勤的服务员；他烦透了记者，吃够了单调的自助早餐，总是咖啡饮料、一成不变的果汁、蛋糕配果酱；他厌倦了客房小吧台的账单，尽管每次他都会责骂自己，可当音乐会结束回到客房时他总是会忍不住要从那里拿点什么。总之，他已经厌倦了流浪：收拾行李，打开箱子，逛各种纪念品店或者去 Rivoli 专卖店给自己在莫斯科的女友们购买高档内衣。他有一个无可厚非的嗜好，就是喜欢看她们在他面前试内衣。他厌倦了曲谱，厌倦了音乐家和那些八面玲珑、见人说人话见鬼说鬼话的行政人员，甚至连那个不辞辛苦为他们组织演出的西班牙人也让他感到心烦；不管听上去有多奇怪，他甚至对钱也厌倦不堪了。其实，总是有人伸手向双簧管演奏员要钱。第一任妻子不停地向他索要儿子的抚养费，事实上他根本就不知道这个儿子的存在，这个孩子完全是由妻子的第二任丈夫——一个富有的律师来教育的；除此之外，他又总是不得不花钱。每次一回到莫斯科就得和那些女友坐在令人厌烦的小酒馆里或者是在旧货铺子里闲逛。他的钱很多，多到从来就没有不够的时候。

他就想待在家里，穿着家居服和拖鞋，白天看看电视，摸摸随和而忠诚的狗狗或者女人软软的后脖颈。一早起床先喝一杯加白兰地的咖啡，也不用担心嘴里有酒味，反正也不开车外出；下午两点再给自己来一杯卡奇利鸡尾酒①，可以多放些罗

---

① 一种源自古巴的，用古巴的卡蒂罗姆酒、青柠檬汁和糖浆做成的鸡尾酒。

姆酒，用不着舍不得，更用不着惦记时间，总是看表。

他已经得到了很多。自从 21 岁赢得了音乐比赛大奖之后他就在音乐圈里有了名气，演出中经常担任独奏，后来又领衔了自己的铜管五重奏组，在世界各地举办音乐会。但就像普通的男人一样，到了中年他就明白了，其实他一辈子也不会真正拥有年轻时梦想得到的那些光环，还是求上帝帮他保住头顶上这一小块安身立命的屋顶吧。双簧管演奏员从不自欺欺人，他清楚地知道，他的生活其实很多方面并不那么光鲜，即使对于很多人来说，他所取得的成就正是他们梦寐以求而又求之不得的东西。他知道，如果严格地说，他应该是个失败者：他依然像过去一样热爱音乐，热爱自己那根神奇的木制双簧管，但他又厌倦这一切，厌倦在所谓的艺术周围挣扎。他最厌倦的是人，他已经不再隐瞒这一点。他就是一个居无定所的流浪汉，他的那点气场很快也不够维持外表的光鲜了。他已无力再去遵守各种条条框框，年轻时的愤青激昂早已荡然无存。他不想克制自己对荷兰雪茄的痴迷，那是在一次旅行中爱上的。很快，非常快，他就会被调去做老师的工作，目前他已经在格涅辛音乐学院①里开了一个训练班，不演出以后，他买高档衣服也没什么用处了。最主要的是，那些年龄不同、气质各异、在他生活的各个不同阶段陪伴在他身边的女人当中好像没有一个真正爱过他。

---

① 俄罗斯格涅辛音乐学院创建于 1895 年，由著名的格涅辛音乐世家创立，目前是全俄罗斯培养本国及外国音乐艺术全面人才最知名的艺术学府之一。

4

他的前两次婚姻都灼伤了他。从一开始就没有深思熟虑，急急忙忙把婚结了，又急急忙忙地离。这一次他像所有单身汉一样，并不急着与她走进婚姻生活。也用不着着急，因为他的这个新女友仿佛对现状十分满意。第一年，每当他来莫斯科的时候，他们就一周见个两次左右。从某一天开始，他的浴室里出现了她的洗发香波和电吹风，这也没什么错：每次他还没起床，她就已经洗好了澡，吹干了头发，然后递给他一杯咖啡，在他耳边喃喃地说了声，吻了他一下就去上班了。原来，在他家干了5年的钟点工懒得去擦音响后面的灰尘，就送了他一盆漂亮挺拔的棕榈摆在音响前面，说是装饰书房。这之后在他离开莫斯科去巡回演出时，他把家里的钥匙留给了女友，因为棕榈需要浇水。其实，他从不把家里的钥匙留给任何人，特别是女人。他家的钥匙就这样很自然地在她的钥匙串上占据了一个位置，与父母在伊兹玛伊洛沃的公寓钥匙放在一起。她倒也从不会不吱一声就来他家，虽然他家有她的拖鞋，有装着换洗内衣的袋子，现在枕头下面又有了暂居的家居服。

他也开始时不时地到她家里去走走，与她和她的将军老爸打打扑克，但他却总是输。有时玩十五子游戏还能捞回点本儿，但将军当然会出于好客而自愿输给他两盘。将军满头银发，连眉毛和胡子也是银白的。

在这个家里，大家都温柔和气，小热尼亚是一个懂事、机灵、有魅力的孩子，也不是没一点儿脾气，但依然被家里人温柔地爱着。双簧管演奏员在这里感到很宁静。更令他感动的是将军的妻子对丈夫的态度：每次将军过生日，家里总是聚满了亲戚和早已成为亲戚的朋友，这个小巧的女人每年都眼含热泪讲同样的祝酒词，就是说，她感激上帝让她能够生活在如此优秀的男人身边。她每年都一字不差地重复这些话，但大家依然备受感动，因为丈夫还是那个丈夫，从未改变……而且在这个家里，大家给予他双簧管演奏员的是一种让他没有压力的尊敬，特别是每当在电视上看到他的时候。

他的父母一个是歌唱演员，一个是四海为家的导演。小时候，父母总是把他留在外省的一所大房子里，到处是灰尘、蟑螂和演员人家的混乱不堪。他一会儿被交给外婆照料，一会儿又被交给奶奶看管，后来在他成年后的许多岁月中，他也像自己的父母那样，成年累月和行李箱为伴。但这个家庭生活方式中的那种南方的温暖、那种小市民生活的甜腻让他感觉很是奇怪。这个家特别的舒适倒不是说表现在壁柜里摆着水晶饰品，表现在地板上铺着地毯，餐具柜里放着难看的车模，地上摆着俗气的落地大花瓶，也不是表现在饰有骑手图案的金属手工艺摆件，在显眼的地方挂着嵌着金色牌子的软皮箭囊，里面塞的不是爱神埃莫的箭，而是烤羊肉串用的铁钎，墙上挂着毫无才气的画师绘制的风景画，而是正相反，女主人精心收拾后的整洁，甚至有些刻板的一尘不染，让这个家看上去仿佛没人居住；甚至将军每天看的报纸——不知为什么，他喜欢看周刊——也总是放在同一个位置，眼镜盒放在上面，好像事实上没人看过这些报纸。但双簧管演奏员还是被这种生活的规律和有序、南方人家的好客、他们对传统的恪守所吸引。常常能够看到，将军微笑着窸窸窣窣地去开酒柜上的小锁，然后拿出一瓶格鲁吉亚白兰地，他一直都比较喜欢叶尼谢利这个牌子。老人的每一个动作都像体操运动员一样精准细致，对着光线仔细端详酒的色彩、别致的酒盅，完成某种特殊仪式一般地将酒杯斟满，说出辞藻华丽的祝酒词，在这之间便是漫长得仿佛永恒一般的等待和昂贵的香肠、鱼子酱以及切得很薄的一片柠檬。你根本猜不出主人何时才能斟满第二杯，你什么时候才能摆脱这种局面。

两人认识三年之后，安娜搬到了他那里。

后来又过了约莫七年的光景，双簧管演奏员和自己的女学生开始了一段轰轰烈烈的罗曼史。那女孩并不漂亮，活像一只翘鼻子的凤头麦鸡，但很有魅力。她的年龄足可以做他的女儿，而且对他言听计从。但当他发现，他们两人已经走得太远，而他与安娜的关系却濒临崩溃的时候，他猛然感到了一阵恐慌。他突然明白，这个长久陪伴在他身边、已经不再年轻的女友就是尼古拉·罗斯托夫[①]所说的只有割断它你才会感觉到的那根手指。他立刻与女孩断了关系，郑重其事地把安娜娶进了家门。在他们相识的十五年里，安娜作为合法妻子才只有五年。

[①] 尼古拉·利沃维奇·罗斯托夫是列夫·托尔斯泰的长篇小说《战争与和平》中的人物。

5

但就这五年对于双簧管演奏员来说已经绰绰有余了,因为不管过去他自认为在恋爱这种事上是多么内行,像很多轻率的男人那样他也天真地认为,十年时间他就会对自己未来的另一半了如指掌,并能够指望她能让他开心,宽容他,对他犯的小错误睁一只眼闭一只眼,姑息纵容他的一切。

但结果当然是完全相反。

其实原因并不仅仅在于是否去登记。原因是刚好在婚礼前一个月,新娘的那个寡居多年、无儿无女又常年卧病在床的姨妈终于死了,她的遗产轰然落入了新娘的口袋。"轰然落入"这个词不是最准确,因为姨妈病了很久,外甥女经常给她送吃的,送她去医院,但老太太是个爱耍性子的主儿,她的心脏要是好,谁也不知道她还得折腾多少年,还会有多少怪念头从她那已经糊里糊涂的脑袋里蹦出来。而且没人见过她的遗嘱,但最终一切都结束得再圆满不过了,老太太嘎嘣一下在自己的床上蹬了腿儿。这下双簧管演奏员那个没有嫁妆的新嫁娘摇身一变,带着闪亮的彩礼戴上了婚礼的花冠。

后来她也曾怀疑过双簧管演奏员居心不良,仿佛是贪图这些东西才娶她的:斯大林式高楼中的一套两居室,地下车库里的一个停车位,一大堆乱七八糟的首饰,两套并不怎么值钱的餐具,早在60年代走后门买来的罗马尼亚家具,曾经不停地专门订购、其实后来谁也没有读过的很多作家的作品集——多卷本的罗曼·罗兰、杰克·伦敦、德莱塞、福伊希特万格作品集。正是看中这些他才急急忙忙答应结婚的。

　　这个想法太让人心里憋屈了，他原本就不是个穷光蛋，这简直就是愚蠢。双簧管演奏员被怀疑搞得愁眉不展，其实他没弄明白，这一切并不是因为安娜是个贪婪的女人，而完全是因为婚前的这些年她已经不知不觉对他感到了失望，不再认为他就是婚姻的理想人选了。随着年龄的增长和经验的积累，她的内心已经形成了一个完美男人的概念，比如，这个男人必须比较漂亮，甚至有点像女人般的漂亮，科斯佳就有那么点儿女里女气；有钱没钱无所谓，但要留小胡子，哦不，不能留小胡子，科斯佳就有；要强悍与温柔并存，没有不良嗜好，也不能是话痨，要平日里沉静、稳重，关键时刻口若悬河、语惊四座……只是她还从未遇见过这样的男人……换言之就是，像许多成熟女性那样，她依然对情感怀有憧憬和一种新鲜感，但这些都与自己那位老丈夫不沾边儿了。

　　双簧管演奏员感到，安娜突然莫名其妙地变得格外固执，比如，她无论如何也不肯将那些积满灰尘的发黄的书搬到旧货店，或者还有更好的处理办法，送给哪个救济院的图书馆。这不，现在在这座小楼一层走廊的白墙边就立着好几个黑乎乎的书架，上面摆满了那些五颜六色的废纸。他唯一会拿到书房去翻一翻的就是儿童读物，也许是种怀旧的感觉吧，只有童书他才会嘟嘟囔囔地去读，只有童稚的想法令他感到开心。他也曾读过一些花花绿绿的探险书，那是小时候班里的同学和住同一层的邻居借给他看的。在他自己家里，爸爸妈妈从来不买这种书。有时他也会把阿纳托尔·法朗士①的书拿下来看看,他感觉这是全部遗留的书籍中唯一有用的一套。

安娜的突然改变当然有自己的逻辑——直到 40 岁她才拥有了真正属于自己的一个角落,所以在很多场合,她都不失时机地强调我的公寓、在我的家里,其实这正暴露了她寄人篱下的隐秘的痛苦,即使是和自己父亲及他的妻子住在一起,以及很多年里住在他的房子里。

在这一点上他特别理解安娜。他的第一套房子是 27 岁时拿到的,但在很多年里他始终被一个梦魇纠缠:仿佛他又和母亲生活在了一起,抑或是他又无家可归,或者是有人搬进了他的家而他却有家难归。他无数次猛醒过来,打开夜灯,光线瞬间照亮了眼前的物件。这时他才发现自己就躺在卧室自己的床上,盖着自己的鸭绒被。隔壁是他的书房,如果侧耳细听,能听到橡木落地钟均匀的滴答声……这时他才感到自己是幸福的,于是又翻身睡去。

尽管有争议,安娜还是很精明地通过买卖,将自己的两居室换成了一套三居室,就在尼基塔门广场②附近的一条小马路边。她把工作从科研机构调到了一家不很合法的公司;她那辆老掉牙的日古丽也变成了捷克产的茄紫色欧宝,才三年车龄。双簧管演奏员根本管不住妻子折腾这些事——一个是因为懒,另一个也因为他经常要离开数日,但首先是因为他突然觉得妻

---

① 阿纳托尔·法朗士(1844—1924),法国作家、文学评论家、社会活动家。本名蒂波·法朗索瓦,1921 年获得诺贝尔文学奖。主要作品有诗集《金色诗篇》,小说《波纳尔之罪》、《黛丝》、《红宝石戒指》和《霞娜·达克传》等。
② 尼基塔门广场位于莫斯科中心区。

子不仅仅执拗，还深藏不露。这后一个特点对他而言是此前未曾感知的。他自己是个很透明的人，为人厚道，从不记仇，像神经衰弱病人一样早就忘记了安娜对他的猜忌和当时自己内心强烈的委屈感，只是有那么一次，他突然感到，他对于安娜几乎完全不了解。

他死活也没搞明白，许多年前那个年轻、有几分羞怯的可爱女人哪里去了。刚认识的时候他还经常带她去雅尔塔游玩，给她演奏她喜欢的曲子，送她大束大束的玫瑰，现在那个女人竟然不见了。杀死那个女人的不仅仅是时间的流逝、经验的积累、生活中的不幸和身体上的疾病，他自己对此也脱不了干系。

他立刻就谴责自己对她不关心，其实他从不给她钱并不是因为小气，只是他从来也想不到关注她靠什么生活，他的注意力全都集中在装满外国礼物的皮箱、疗养胜地和小酒馆上了……他想起很久以前他曾经从哥本哈根给她带回了一包毛茸茸的纯毛毛线——那东西在当时的莫斯科可是稀罕物件。她用这些毛线给他织了一件开衫，一直放在他家里。他很喜欢穿这件开衫，很暖和，尽管肩膀处有些窄。安娜成了他的妻子后，就不再织毛衣了，不知为什么他也为此谴责自己。

至于她的内心生活，他关心得就更少了。就像她所说，他感觉安娜并不遥远，但却在一个对他来说模糊的深处，那里有东西在翻腾，在蠕动，就像在任何一个最黑暗的、最普通的内心里一样。最终，尽管他感动于安娜一家的生活，但他自己却无论如何也融不进去。他不仅没有学会关心她的亲人，反而认为这一切都不值一提：他总也记不住讨好未来的岳母或者在建军节和胜利日的时候向老将军表示祝贺。双簧管演奏员觉得，这一切根本用不着，将军又没有打过仗；他始终不明白，其实他的所作所为恰恰是在不断破坏一个军人家庭的生活基调；他也猜不到，安娜每每在父母面前为他打圆场是多么辛苦……

其实他完全没想到的还有自己的变化也很大：背已经有点驼了，变得干瘦干瘦的，动不动就发火，那种自身的才华和女人的宠爱所激发出的风发意气早已荡然无存，代之以令人讨厌的劲头儿，比如装腔作势的傲慢，而像过去那样充满魅力、机智幽默常常只在很短的时间里表现出来，还得是在没喝多的情况下……

他突然想到，自己甚至不知道安娜在哪里工作，有哪些同事、伙伴；她的汽车是用什么钱买的；她的老爸早就退休了，为什么他的钱远远多于一般退休人员，尽管他以前是在建设部队中任职。他发觉安娜爱的是钱，而不是精气神儿，不是他这个人的时候，还是大大地吃了一惊。

但最主要的是他突然发现他的个人生活，他曾经感觉诸事顺意的生活，已经急剧地发生了变化。首先，他很自然地搬进了妻子的公寓，因为丈夫和妻子就应该生活在一起。于是在一个美好的日子里，他突然发觉自己成了一个无家可归的人，仿佛那个遥远的梦魇就要成真了。

三个房间中最小、最暗的一间给他做了书房，睡觉是让他在大卧室里的。卧室的窗子上装了纱窗,房间里摆着白色镶金的意大利家具,特大号的床,床的对面是一个高大的白色镶金的衣柜,镶满了镜子。干湿分隔的卫生间里放着有烘干功能的洗衣机,甚至马桶也是意大利货,绿色仿大理石材质,带白色的装饰彩点,就像国外的三星级宾馆里用的那种。只是在这里,在俄罗斯,带按钮的马桶不知为什么总是坏,不出水,也就不能冲洗,很显然,从亚平宁半岛远道而来对它来说是充满艰辛的。

现在当他每天清晨在妻子的房子里,在自己那间局促的书房那张狭窄的女式卧榻上——他几乎一直都睡在这里,而不是在意大利风格的大卧室——醒来的时候,他仿佛感觉到自己家客厅里母亲留下的那架老式钢琴发出深沉的中音,像一声声叹息般,在召唤他回家。

双簧管演奏员每每都想立刻跳起来逃回自己的家,但旋即他就清醒过来,他已无处可去。因为他的曲谱、书籍、从祖父那里继承来的书房里的一切——书橱、写字台、扶手椅以及沙发全都搬过来了,除了钢琴,搬到新家客厅来的还有落地钟和墙上的那些画。他的小屋里还搬进了收藏的各式烟斗、乱七八糟的小玩意儿、令他回忆起旅途和相逢的各种纪念品,还有妈妈的一张照片、两张全家福——他一直天真地对自己的贵族出身感到骄傲,尽管是有些营养不良的贵族出身①——甚至还有一件玫红色的书房里穿的真丝便衣。这一切把这间小屋塞得满满的,妻子逢人便不无轻蔑地说他就喜欢生活在"狗窝"里。

---

① 意指穷贵族。

他也不喜欢这样。生活在"狗窝"里不过是试图保留过去的自得其乐、过去一个人的独立，说到底就是保留自尊，但显然这是于事无补的。他有时也会回自己的公寓，但每每就像外省人回到自己的小家乡，却遭遇衰败和破产一样的感觉。这里散发着他曾经拥有的美好而年轻生活的已然腐朽的气息。双簧管演奏员从来不会放过来一杯的机会，于是开始坐在无名肮脏的小酒馆里大喝起来，就为了能够晚些回到夫妻共有的那个屋檐下，同时他的演出也越来越少，挣的钱也越来越少。

　　一次，他醉酒驾车被罚，可口袋里只有 100 卢布，于是驾照被没收了。为了拿回驾照，要花费多少金钱和时间啊，最重要的是，你要受多少拐弯抹角伸手提要求的人的侮辱，要贿赂很多人，还要不停地跑派出所！这一切折腾了差不多两个月。突然他开始不无恐惧地不断自问，如果这还不是最糟糕的，那什么才是呢？在他即将年过半百的时候，这种不断光临他内心的恐惧事实上首先来自对未来的恐惧，是面对明天的恐惧，是比对死亡的恐惧更甚的感受。他感到孤独猛烈袭来，其实孤独一直都伴随着他的生活，只是生活的忙乱使他并未在意它的存在……每到这种时刻，人们一般会去接受洗礼，去领圣餐，并开始思索永恒。而在双簧管演奏员童年时，保姆就为他施了洗，是秘密受到无神论的父母的委托为他施的洗。

6

　　这时安娜开始对购置别墅想入非非起来。已故的姨妈没有别墅，将军老爸退休前住的一直是位于莫斯科郊外的一套气派的房子，但是公家的，快退休了才在距莫斯科大约八十公里处盖了一幢六百平方米的小房子，但安娜现在不能经常到那个"鸡笼"里去：两位老人和他们园子里那些杂七杂八的事情，还有什么露天厕所、室外淋浴室等等简直快让她发疯了。不仅如此，就这么个窝棚一样的别墅还被双簧管演奏员的老丈人在遗嘱里赠给了外孙女热尼奇卡，谁也不知道这是为什么。那个小丫头是喝着百事可乐长大的①。大家都心知肚明，谁也甭想把她弄到任何一块菜地里去。不，安娜想在好的地方有一套真正体面的别墅。

双簧管演奏员也没有别墅。他家战前在斯霍德尼亚曾有过一套老旧的别墅，还是父亲从上辈那里继承来的，他在那里度过了童年，但从来没人去好好修缮它，父亲过世后母亲就将它卖掉了。他从来没有想过卖掉这堆废墟很可惜，更不用说，现在这些瓦砾早就被清理一空了。

所以安娜的计划也让他很喜欢：花园、躺椅，也许还有网球场，那儿啥都得有——池塘、几只孔雀，但不要因他练琴产生太大噪音而与邻居发生小争吵。他开始研究新建别墅区的道路——一个月用于公共设施的费用是多少，算出来应该不低于150卢布——他不断地比较，一百平方米那里多少钱，这里多少钱；一个平方米多少钱，包不包括网费和有线电视费……

---

① "喝着百事可乐长大的"意指苏联解体、意识形态发生巨变之后成长起来的新的一代，现代青年。该表达源于俄罗斯作家维克多·佩列文（1962— ）的小说《百事一代》。

一边是心里对购置别墅望眼欲穿，一边是掂量着口袋里的钱，连四分之一座别墅都买不起。最后决定，还是把自己那套公寓卖掉吧：已经无处寻觅再多的钱了。其实他还有五六千美金存在塞浦路斯银行的户头上，但他有足够的理智没有告诉自己那个人精似的老婆，要知道这么一点点根本不算钱，只够出国时零花。在这共同幻想的过程中，那些久违的温存、从前二人在一起的舒适又回来了，于是他们就这样继续、继续地幻想下去，终于双簧管演奏员卖掉了自己的房子。

过后他一直在心里嘀咕，他犯了两个不能原谅的错误。一是娶了安娜，她太清楚整整这十年她对他来说扮演的是什么角色。实际上，她就是他的管家。唯一公平的就只有一点，那就是这个女人虽是非婚妻子，虽不是真正的主人，却承担了主人的义务。二是他听了安娜的话，卖掉了自己的房子，现在只能屈从于安娜。他的一些不很喜欢安娜的熟人都对他说：你会流落街头。他心里感觉很受伤：简直是恺撒的妻子……

但即使是对安娜最不怀好感的人也猜不到后来会发生什么悲惨的事情。

当卖房子的钱刚刚拿到手，还完了债，妻子建议把剩下的5万美金借给她工作的公司，人家给的利息相当诱人。钱得生钱，而不是趴在储藏室里，曾经的程序员——智慧的安娜这样宣称。他这个从来就不会去贪图不劳而获、偶然而得的利润的人不知为什么竟然同意了。依稀记得，那一刻他们并没有争吵，而是像海浪一般一浪紧跟一浪地做出决定，很自然。也许当时不够清醒，所以就很好说话……反正钱就这样从家里消失了。

第二章

1

警官普季岑和妻子曾经是同班同学，还是同桌：他们总是坐在离黑板和语文老师最远的位置上，以便他能抄她的听写。也就是说，在形式上，根据出生证和成年证他俩一辈子都是同龄人。但是就像俄罗斯生活中经常出现的那样，多年的共同生活之后，妻子往往在各方面都会远远超过丈夫，也不知丈夫是由于工作太累还是饮酒过度才落后的——反正不管怎样，事实就是，快到37岁的时候，警察的妻子已经毫无疑问地成了这对爱人和这个家庭的老大。

她叫赫尔加①，这不是她众多的追求者因她那紧致诱人的翘臀而送给她的外号：连警察普季岑自己也常常说，她的"传动部分"灵活无比——他就这样优雅地吐槽自己的老婆。不，她生来就叫赫尔加，身份证上写的也是。只是这个名字在我们这片地方很与众不同，在任何教堂日历中都找不到。

---

① "赫尔加"这个名字有"不停地运动、变动"的意思。

也许，她的亲人，包括妈妈还有没出嫁的姨妈——在这个家里，女人们并没有瞧不起父亲，尽管他努力工作也不喝酒，只是太安静，从不和别人打架——给她起这个名字是为了纪念60年代初从一个人民民主国家进口来的一款流行餐具柜。丈夫就简称她赫尔；喝醉了就会拍着自己的大腿叫她希莉，要不就叫艾姆卡，这是一个从艾米丽派生出来的名字——这是他最机智、最霸道的一个玩笑①。他在非常气愤的时候还喜欢说"让赫尔和你在一起"，但这只能在家门外面偷偷说，否则就会被妻子用厨房的抹布抽耳光。

他们俩都出生于市郊品德良好、家长不酗酒的工人家庭，家庭准备培养他们成为工程师：在70年代下半期社会主义高度发达、教育免费的情况下这是很有可能，也很流行的。有什么不行的呢，苏联时期国家半数人口都成长为第一代的知识分子。

后来她成了化工工程师，而他是机械工程师，一直到我们这个特殊国家的社会主义开始终结时，她在盒子里工作②，他也是，各自在自己的盒子里，他们很满足。但随着年轻的苏联资本主义的到来，出现了很多的诱惑，大家都突然感到不满足了，普季岑家庭也如此。

他家隔壁车库的主人怂恿工程师普季岑去民警局，当然不是去当门卫，也不是去社区派出所，而是去彼得罗夫卡大街上

---

① "艾姆卡"是"艾米丽"这个名字的小名、爱称，"艾米丽"这个名字源自拉丁语，意为"对手""固执的""吃醋的"。这里说是个最机智的玩笑，原因正在于这个名字背后的含义。

② "在盒子里工作"是苏联时期的俚语，多指"在秘密的研发军工产品的科研所里工作"。

的实验室①,因为普季岑在武器方面,特别是弹道学方面是一个很厉害的专家。后来他一直在犯罪枪械鉴定实验室工作,来小楼之前他已做到大尉警员,并有权佩枪。他,浅褐色头发,留着小胡子,但胡须不知为什么已经花白,颜色很浅,由于尼古丁的缘故还有些发黄,这一切让他看上去一副傻样。

而普季岑太太却做生意去了。

她开的那些合作社和公司关了开,开了关,然后再注册新的,等旧的折腾光了,新的又起来了。算起来,她在自己新事业的起步阶段赚的钱就比普季岑多5倍,警察那点薪水只够买买奥恰科夫啤酒、喝两口伏特加和给汽车加加油的。她不仅重新装修了公寓,在父亲从爷爷那里继承来的位于亚赫罗摩郊外的别墅加盖了游廊、阁楼,还建了一座避暑的小房子,给浴室添了新马桶。她还多了句口头禅,这对我来说都不叫钱,虽然总是说得不是地方。她还带丈夫去了两次塞浦路斯,一次安塔利亚,住的宾馆都不低于三星,就是为了去看一看世界;学习成绩在班里倒数的女儿被她送进了私立的英国学校。最终她进入了一家有着童话般名称的公司——凤凰公司,并在这里成就了个人事业的巅峰,那就是她成功地坐上了会计师的位置,虽然没有签字权。而双簧管演奏员的妻子在苏联部长会议国家计划委员会的计算中心埋葬了自己的仕途之后也进入了这家公司,落入了普季岑太太的麾下。顺便说一句,国家计划委员会很快也不复存在了。

---

① 莫斯科警察总局位于彼得罗夫卡大街38号,这里指邻居建议普季岑去警察总局谋职。

2

通过普季岑的牵线搭桥，凤凰公司在彼得罗夫卡收买了一个人。公司的业务不完全合法，但却一本万利。可无论是过去还是现在，哪家公司做的是完全合法的买卖呢？说白了，凤凰公司做的就是偷税漏税的勾当。另外公司也顺带做做洗绿①的生意，为此还开了一家名为*赫朋*的子公司，意思就是*赫尔加和朋友*，专门做进口家具的生意。

凤凰公司的总经理和创始人是一位聪明的物理学数学博士弗拉迪克。照会计师普季岑娜的说法，弗拉迪克智商虽高，但却是个傻瓜。她认为，他犯了对生意人来说致命的两大错误：第一，在与她——普季岑娜会计师——签约后的第三天他俩就发生了关系；第二，这之后，当最初的激情不再，他依然盲目信任她。他是个做生意的好手，点子很多，善于投机取巧，就是对会计业务一窍不通，而且他还对用不着去深入了解那些搞不懂的账本感到特别高兴，庆幸自己走运，拥有了这么好的一个会计师。就这样，公司的保险柜对普季岑娜来说无异于开门大敞。这样的结果就是，不管公司文件上写明的弗拉迪克是什么人物，哪怕是罗马教皇，所有的生意其实都掌握在化学家普季岑娜手里，掌握得紧紧的，而且她把一切都安排得很稳妥，即使遇到什么事，承担责任的也不会是她，因为无论她给弗拉迪克什么文件，他都签字。

---

① 指洗钱，这里的"绿"指的是美金。

内行都说：这样即使不懂坑蒙拐骗也可以住到索契去了，可是恰恰普季岑娜是很懂这个的。因为在凤凰公司非常成功的一单生意中，公司已经进入与当时还是联邦成员的南方一个共和国的代表接洽的阶段，并与他们在莫斯科近郊的一家名为罗斯的疗养院中开了三天的工作会议，她看出了对方圈套里全部的猫腻，于是这里加一点，那里捞一点，用她的话说就是*速战速决*。她明白，这次她发定了，完全可以抛下自己的警察丈夫，远走高飞去某个海岛长住享福去了。只是具体选哪个海岛，她还说不清楚，反正必须有棕榈树，因为这不是每个月四笔"洗绿"的小生意，而几乎是一个并不富裕的、靠中央补贴过活的自治共和国年预算的三分之二。

可是她的好运没有走完——普季岑娜长叹一声说，我真是一夜回到解放前。因为那几个南方人在从莫斯科市郊那家疗养院返回的途中被逮捕了，理由是他们涉嫌国家最高检一起特别重大的案件。彼得罗夫卡的人第二天来告诉她，你得赶紧跑。之后凤凰公司就关门了，保险箱里空空如也。债主天天来弗拉迪克这里催债，在一群暴徒的协助下他们抢走了汽车，也抢走了位于斯摩棱斯克地铁站附近有五个房间的公寓，以及位于伊斯特拉水库岸边尚未完工的一幢红砖别墅。但在这一过程中弗拉迪克自己却奇迹般地活了下来，*傻瓜任何时候都走运*，会计师普季岑娜对这个令人惊异的事实如此解释。

再来看看她。她什么钱也没得到，只有一座位于科罗维诺公路边的破房子和挣工资、开着1980年出产的破烂沃尔沃的警察丈夫，患老年痴呆症的姨妈、退休的妈妈和傻乎乎的女儿——对一切问题都是带着矫揉造作的微笑和疑问的表情回答well，这就是送进英国学校读书的结果。普季岑娜决定净身出户，因为没什么好带走的。那些暴徒曾用气手枪威胁她，她这样做完全是以防万一。

3

安娜在凤凰公司到底都干了些什么，她自己也没搞清楚。坐在办公室里，在电脑上算算账。但多数时候她都在玩电脑游戏，用扑克牌算命，她最喜欢玩的就是空当接龙——常常是一顺到底。赫尔加有意让她去学习会计课程，希望安娜能成为自己的左右手。去学习之前，她就和客户喝喝加糖浆的咖啡，或是普季岑娜吩咐的时候，就发发传真，还因家具业务去了两次罗马。她与双簧管演奏员的卧室里的那全套意大利货就是以滞销处理品的方式弄到手的。

公司里的日子是很舒适的，直到公司倒闭，大家都是快11点了才来上班。大家喝咖啡，女人聚在一起扯闲篇，讨论刚刚买来的新货或者去什么地方疗养，常常一起聊那些同性恋理发师、温柔的按摩师，还有男同性恋是什么样子，等等。有时公司里会有大牌的客户到来，这时公司里的生活就会像一个法国作家写的那样，瞬间演变成异常热闹的嘉年华：餐厅、带桑拿的别墅。一次大家甚至到法国阿尔卑斯山区的霞慕尼①

---

① 霞慕尼，法国城市，位于法国东部与瑞士交界的阿尔卑斯山区，著名的高山休闲与滑雪圣地，是攀登阿尔卑斯山脉主峰勃朗峰的起点。

的高山度假酒店去集体出差了一个星期。在那里安娜一日三餐吃的都是她酷爱的奥地利苹果卷，每次一大块。正是那次旅行之后，安娜买了那辆茄紫色的二手欧宝。从那时起她开始叫双簧管演奏员"阔克"①，听到这个称呼他每次都会抖一下：过去他还曾被叫过"猫"和"小猫"。更有甚者，她还把这个教给了自己的女儿。有时当他们三个难得在一起，已经完全长成大姑娘的热尼亚，身材像个小老太太，但却完全长着一张小孩的脸。她会一边做着鬼脸，一边伸长脖子叫：阔克可乐——这声音从她嘴里发出来听上去简直是甜腻得吓死人。要知道，不久以前，他还常常把这个小姑娘放在膝头摇来晃去，伸出手指做出羊角的样子吓唬她，让她开心；常常带她去动物园，去咖啡馆吃冰激淋……

安娜对双簧管演奏员的态度在十五年间是有变化的。她像许多受过教育的小市民一样不能原谅他的背叛，也难以忍受他的醉态，而他喝醉的次数却越来越频繁，因为他空闲的时间越来越多。现在她可怜他，但这可怜里又带着几分瞧不起。要知道曾几何时，在他光艳夺目的时候，她爱他爱得神魂颠倒，心灵颤抖。她的身边从来没有过这样的男子，生着如此修长光滑的手指；有的只是守门员，要不就是程序员，穿着窝窝囊囊的裤子、脏兮兮的皮鞋，身上臭烘烘的。其实，在他们恋爱的那段时间里，她就曾经两次准备嫁给别人了：第一次是在计算中心的时候，她准备嫁给单位里那个比她小两岁的男孩，他爹妈都是有权有势的人物；第二次是准备嫁给过去的大学同学，当

---

① 原文是法语，"公鸡"的意思。

时他就告诉她，他会前途无量的，果不其然，他现在已经是杜马议员了。这两段恋情虽然每段都持续了两三年，但对于双簧管演奏员来说仿佛了无痕迹，对此安娜也非常不满。

但是那时她还爱着自己的科斯佳，于是就把那两位都拒绝了。可是现在她却因这两桩未果的婚姻而无法原谅双簧管演奏员，因为这两桩婚姻会为她开辟通往上流社会的道路，会令她前途无量——就像她那时理解的一样。

当然，他们二人像所有规规矩矩的恋人一样也有自己的传奇故事。当她还是个年轻姑娘的时候，一次在音乐学院小礼堂举办的音乐会上，她曾经向他献过鲜花，他就此记住了她。她对此却一点印象也没有，但双簧管演奏员向她描述那天她穿的连衣裙，甚至连她当时纤细的腰上系着一根银色的腰带都记得清清楚楚，这深深地打动了她：她的确有那么一条连衣裙，也有那么一根腰带，可她当时怎么就没注意到他这个大帅哥呢。"我当时还想，我已经老了，这样的姑娘再也不可能出现在我身边了。"双簧管演奏员回忆这段经历时不无讨好地说。他那时二十五六岁。

在被双簧管演奏员身上的光芒蒙住眼睛的那段时间里，她不仅刻苦地阅读《落叶集》①，甚至还读罗伯特·穆齐尔②的作品。她读得寝食难安。每当她熨烫床单的时候——因为双簧管演奏员嫌洗衣房脏，她总是不停地在思考那些高深的东西，想

---

① 《落叶集》是俄国大作家瓦西里·罗扎诺夫（1856—1919）创作于1913—1915年的作品。

② 罗伯特·穆齐尔（1880—1942），奥地利小说家，代表作有《没有个性的人》。

书上是怎么说的。她勤奋地思考着,常常会想到面前耸立着一座高不可攀却不得不攀的大山。她爬得艰难无比,而且还恐高,但她始终坚持着。在这种情况下,她总是不无幽默地旁观自己。她很有幽默感,可只要双簧管演奏员一在场,这幽默感就荡然无存。他在场的时候,她身上的许多功能都会退化萎缩,除了那个不会退化。每当他把自己的手伸进她两腿之间时,那个功能便开始疯狂地工作起来,双腿、双手便颤抖不已。她以前跟那个小毛孩前夫可从来都不会这样,哪怕他事前也会有一些前奏。和大学里的那个同学就更不用提了:那家伙在床上总是让她忍无可忍。当然,她也清楚,这种情况不可能永远维持,现在双簧管演奏员就睡到自己的书房里去了……

赫尔加简直就是安娜偶遇的一大惊喜,尽管她比安娜年轻,但当安娜在那个危急的时刻终于成为双簧管演奏员合法妻子的时候,赫尔加教会了她很多东西。世界上有一种女人,她们对待男人擅长的是看人下菜碟,用女人的话说就是,别不把她们当盘菜。虽然偶尔可以*使用*一下她们的直接用途,这是赫尔加的原话。就说那个弗拉迪克吧:他拥有过赫尔加吗?拥有过。但其结果便是赫尔加把他的保险箱翻得底朝天,骗得他精光——可这很公平:赫尔加拿走的是她应得的劳务费。安娜对此感到很是疑惑,如此这般岂不是有点像卖淫。看着赫尔加有点像猪一样向前拱着的脸、那双眯缝的近视眼还有双下巴,安娜想:就算这个女人有个大屁股,难道她真就值这么多钱吗?这时赫尔加就像传播思想一般来为安娜解了惑。她说:我们当然值得他们支付那些钱,而且你要多少他们就得付多少,最重要的是在你值钱的时候不能降价。啊哈，安娜想，原来我之前就是一个大傻瓜……

4

当然，拒绝履行债务之后赫尔加的一切计划都落空了。凤凰公司起死回生已完全没了可能，但普季岑娜觉得也没必要悲痛欲绝。再说，关于那些连俄罗斯浴室都不会使用的南方草原蛮子的案件，各家报纸都已经报道了，应该可以踏实了。但要知道她手里总还不是一文不剩：她可不是那个又蠢又笨的数学家弗拉迪克。

首先，那些债权人根本就没打探到赫朋公司的存在。当时无论是仓库里还是各家商场里，都还存有不少没卖掉的意大利和芬兰家具。其次，她可不是个傻瓜，之前买下了这座离城不远的 townhouse 中的两个单元，房产证上写的是警察丈夫普季岑的名字，这件事那些人也不知道。更不用说她还有个秘密账户，里面的钱做大生意是不行的，但要维持一家人过体面的生活还是绰绰有余的。

普季岑娜对安娜很有好感，但这种人的好感总免不了算计的成分在其中，也许，普季岑娜感觉到安娜以后一定会对她有用。除此之外，她感到一种小骗子惯有的对知识分子下意识的好感：普季岑娜认为安娜是个知识分子。不管怎么说，反正会计师、化学家普季岑娜还是挺同情安娜的。

安娜来到了普季岑娜位于科罗维诺大街上的住所。尽管随着年龄的增长，安娜感觉自己已经完全不会流泪了，但这一次她还是一边喝着加了白兰地的咖啡一边趴在普季岑娜的胸前失声痛哭。她无法想象，该怎样告诉自己的双簧管演奏员他的钱已经全部打了水漂的事实。就是说，真的全没了：以前有来着——现在彻底没了。以后他就是个无家可归的穷人，就是说真的没有家了，只能蜗居在她安娜恩赐的那间极小的蚁巢里惨淡地度过下半辈子。

安娜能想象出科斯佳缩头弓背地坐在她的厨房里喝着廉价伏特加的可怜样，无精打采，苍老衰弱，头发稀疏，双眼流露出一个突然变得一无所有的人内心深深的恐惧。她心中可怜他，感到很痛。这是一种在她身上不常见的感觉——感同身受，由此也产生了对自己锥心彻骨的怜惜。

但最糟糕的是，科斯佳回头会想，他落入如此境地全都拜安娜这个冒险家所赐。她当然不会去找自己的问题，钱是他自己给她的，不履行债务又不是她的错，但毕竟，毕竟……

安娜看到，一开始双簧管演奏员还愤怒、悲伤了一阵子，很快就向命运低头了。只要她伏在他胸前大哭，他还会可怜她。这种不争和怜悯之心也是安娜所不能容忍的。闹了半天，她以前爱了那么多年的竟然是一个高尚的傻瓜。

这时赫尔加做了一件也许是她一生中最恐怖的事。如果我们称某行为恐怖，大凡因为它有背我们的天性。她竟然把债给还了。要知道不履行债务就是一笔勾销，她完全可以一个子儿都不还——就让那个音乐家拿着弗拉迪克的假签名和那一纸废文书到处去申诉，让法院执行人来找一贫如洗的弗拉迪克。

他这会儿就蜗居在自己妻子那间位于切尔塔诺沃的一居室里，每当门铃一响，他就心惊胆战，与野蛮人打交道总会留下点什么后遗症。

当然，赫尔加是没有还债的钱的，但她在这座 townhouse 里有两个单元。为了躲债，她把其中的一套让给了安娜。当然，这一套的价钱要比双簧管演奏员给的钱少三分之一，但就如同我们充满忍耐精神的佛教徒人民所说的那样，如此聊胜于无。于是安娜把这个好消息告诉了双簧管演奏员。

刚听到这个消息，他很吃惊。

但就像人们常说的那样，他并不高尚的道德情操不允许他没完没了地为赫尔加感到难过。四月中旬，就在科斯佳生日的前几天，他和安娜坐上了汽车；普季岑夫妇作为卖家，开着自己的沃尔沃护驾般地跟在后面，这是移交不动产的规矩。两辆车沿着沃洛卡拉姆卡公路向那座久远的过去曾经是一个小公国首都的小城开去。

刚一上路，双簧管演奏员就看上去疲惫、阴郁。当他们来到小楼的时候，这位巡回演出期间看惯了整洁美丽的欧洲而很久没在家乡到处走走的大演员着实被眼前的景色弄得无语。他呆呆地看着在污水坑里啄食的母鸡，穿着套鞋在齐脚踝深的烂泥地里行走的乡下女人，一个身穿棉背心、脚蹬人造革胶靴的男人背上背着一袋子东西，两眼无神地四周张望着；他在当时还没住人的小楼四周绕了一圈，用昂贵的英国造皮鞋的鞋尖朝一块断砖块踢了一脚，表示他同意和自己未来的公寓认识一下。

被冻了一冬天的房子里面一片狼藉：剥落下来的大块大块墙纸有气无力地挂在墙上，一绺一绺的；地上横七竖八地到处是空酒瓶，也不知为什么当时工人没有把它们退还给附近的那家小卖部；通往二楼的楼梯栏杆摇摇晃晃的；台阶出现了沉降。设备也没一处是好的。水管没有水，马桶不工作，窗户从装上玻璃的那天起很显然就没有人擦过，透过玻璃上肮脏的灰尘可以看到外面变形的景物——歪斜的树木和不远处那些简陋的农舍上苔藓色的天空。到处散发着烂肉的味道，好像隔壁房间里有去年春天有人忘在里面一根香肠似的。一楼厨房的地上还有一坨屎……双簧管演奏员浑身颤抖了一下，逃也似的跑了出去。

5

普季岑娜邀请他们来到自己的单元——她已经把家都收拾停当，无可挑剔了。她煮了咖啡，从小柜子里拿出白兰地：还是没有改掉过去的习惯，好像还是过去的好时光。之后她就进入了卖家的惯常角色，开始打开话匣子，把一切都说得天花乱坠。她全然忘记了，她这不是单纯的卖房，而是还债。

普季岑娜说的比唱的都好听：这房子你们应该买下来，地方多好啊。言外之意就是她普季岑夫妇和安娜两口子现在住得离河很近，很快丁香就盛开了，一切都将沉浸在美妙的绿意之中。她，化学家普季岑娜，已经租了几台农用机器，到时候他们两家的地都会被撒上种子、施上肥。康斯坦丁，您快看呀，那边的花楸树多漂亮。而他们两家的自留地*中间*会种上黑、白两色的醋栗，因为她女儿塔尼亚对红醋栗过敏。爷爷的别墅外面种的全都是红醋栗，没有黑的，真是太傻了，因为黑醋栗可以加些糖搅碎了做果酱……最主要的是：这是他们自己的地盘，而且不是什么不好的地方，而是莫斯科郊外最高尚小区里的一部分。离这些妙不可言的美景不远就是萨维诺-斯托罗热夫斯基修道院①。直到这会儿，刚才还闷闷不乐的双簧管演奏员才表现出了对这房子的一点兴趣。

"这里的空气真清新。"普季岑警官说。

"别打岔！"他的夫人立刻制止他。

她继续赞颂这个地方，说，不远处有一家奶牛场，每天都可以喝到最新鲜的热牛奶。

"我从不喝这种刚挤出来的牛奶，会让人四肢无力的。"双簧管演奏员说。

"你烧滚了再喝呀！"普季岑娜呵呵地笑出来，还轻轻地拍了双簧管演奏员的肩膀一下。

普季岑娜还说，他们*知道一片海滩*。双簧管演奏员不明白她在说什么，以为这两口子研究过海滩。其实普季岑娜女士的意思是，他俩在河边找到了一块地方，可以权且当作一片海滩。现在双簧管演奏员又面临一个新任务，就是要正确领会普季岑娜语言的意思。

"这儿的疗养院里还有 24 小时酒吧和迪斯科舞厅。"普季

---

① 著名的东正教修道院，建于 14 世纪末，位于莫斯科州兹韦尼戈罗德以西两公里处。

岑娜像个天生的生意人，还在继续说个不停，以抬高房子的身价。虽然这些对于双簧管演奏员来说根本不需要，他反正也无处可去。

双簧管演奏员顺从地点着头，其实他对所有这些东西都无所谓：教堂、迪斯科舞厅、酒吧、奶牛场还有沙滩。他唯一感兴趣的就是这周围哪里有妓院，但他有充分的理由相信，普季岑娜女士根本就不懂幽默。上帝啊，没准，她以为是在说她呢。于是就什么也没说。

一想到命运是多么捉弄人，他就感到沮丧。两年前他就算是做梦或者喝糊涂了也不会想到他将生活在一个满眼母鸡和大车的地方，而再无他处可以栖身。这简直无异于流放，这要是搁在从前就是流放。怎么办呢，正像我们俄国人说的那样，注定是要饭、坐牢的命，就别想躲过去……他像一个基督徒那样顺从地想，这一切都是上帝给他的惩罚，为过去过于轻松的生活、为他获得的一切成就和金钱、为在那些年里他对安娜敷衍和要求甚多的态度、为他的自私自利而惩罚他。他愿意为这些而付出代价：说到底，这是很公正的……

他想象不出在这儿该怎样生活。他甚至想到了自杀，但一想到上吊，就感到厌恶；想到服毒，又觉得太难看，毫无美感，不禁想吐。他想最容易的就是割腕，像一个真正的罗马人那样，为了荣誉而割腕。

割腕得在浴缸里，把左手放在浴缸的沿儿上。之所以放左手，是因为头要枕在对着水龙头的一侧。用剃须刀"嚓"的一下，然后就让血流去吧。还要拿一瓶好的白兰地，要很高档的才行；再拿一本勃洛克的诗集，不，要丘特切夫的……他当然明白，这种计划只有那些怕考试考砸了的神经兮兮的半大小子才想得出来。他一方面恨自己没完没了地胡思乱想，一方面又不禁想，有没有谁能跑来救他？他意识到，这些幼稚的自杀想法之所以成为笑料，就在于根本没有必死的决心做支撑。

他总是时不时地想想这些事，想想永恒的结局。但他一想到安娜，就不再想下去了。他还想到：教会是不接受自杀这种罪孽的，甚至不会为他举行葬礼……最近几年他倒也没有变得多虔诚，但却戴上了十字架，是原来姨妈的那个锡制的、拴了根细绳的十字架，他想尽了办法才把它保留了下来。他偶尔也会去教堂，点上蜡烛，祈祷，说服自己一定要坚持到仪式结束才离开。一次他本想排在一支长长的女人的队伍后面去领圣餐，可是他一想到还要去亲吻那个教士的手就觉得很恶心，于是他最终也没站到底，而是转身离开了教堂。

6

很快他那套不幸获得的不动产便需要开始办理各种令人头疼的手续了。公证处、资产登记所、房管所——如果没有安娜，这些事他一辈子也搞不定。随着时间的推移，双簧管演奏员越来越清楚地意识到，他和安娜实际上交换了角色：她比他更成熟，更有责任感，她能够适应生活，而他做不到。

过去他就指望赞助商、导演，指望能永远帮他解决小问题的女友：去乐谱店、干洗店，去储蓄所付公共事业费，提前给这些账户充值——充值在双簧管演奏员看来都是折磨。后来所有这些生活琐事都是安娜一手操办，而他就是搞艺术创作，即用艺术来赚钱，再优雅地花钱。现在时过境迁了，他感觉自己只能彻底依赖妻子了。

要知道在这套自掏腰包买进的住宅里还什么都没弄呢。那里得装修，接通七七八八的管子，装水龙头，配齐煤气及各种电器设备，然后把家具搬过来。家具都是他原来公寓里的，后来一部分搬进了安娜的家里，还有好多放不下，就胡乱地堆在了车库。除此之外，他还需要把餐具、乐谱和书籍等等打包……

双簧管演奏员血压升高的频率越来越频繁，他感到身体整体在变弱，常常头晕。他喝白兰地喝得很多，每天晚上他会感觉好些，但一到早晨就难受。于是他开始吃各种药片，渐渐地他发现，他的床头柜上堆着各种瓶瓶罐罐和包装纸盒，就像一个老人的床头柜一样。

他对自己的状况感到惊讶，感到气愤，同时更加确信自己应付最普通的日常生活的能力有多差。他有周旋于音乐厅中同事之间各种倾轧的能力，对处理巡回演出中出现的各种精细事物非常在行，也能够摆平团队中那些乖张任性、爱生事端的人，他还善于捕捉与他的职业相关的任何信息——但这一切与生活中那些看似普通的约定俗成的规范却毫不相干。而且他预感到，很快他将生活在其间的这些邻居与从前他周围的那些人完全不同。当然这也许不是完全不同的物种，但至少是另一个亚种。他一点也不了解生活在这个国家里的普通人，他们就在他的身边，在他的周围，曾经在同一所学校里就读，在同一家商店里购物，在同一家电影院里看电影，但他们的习惯、恶习对他来说却像是怪癖，甚至他也不完全懂他们的语言。

但安娜却完全不同。她善于把一切都打理得妥妥帖帖，与所有人都能好商好量。她与他同床共枕耳鬓厮磨了那么长时间，可离他们的距离却比离他更近。

而与此同时，安娜对双簧管演奏员的这些心理却了如指掌。不管科斯佳怎么想她，她都清楚自己一点儿也不笨。现在当她不再带着满心令人面红心跳的爱恋看着他的时候，她发现，他内心的热情显然多于能力，常常是一下就激动起来，却没有真正的力量，就更不用说他的兴奋了，这种兴奋埋没了他思想的深度和行为的沉稳；除此之外，他的内心既有所谓能带着他向上飞升——用他不无自我讽刺的表达就是，鼓舞他去思考形而上事物——的激情，也不乏理智和审慎，但最近几年这种审慎却与琐碎和狭隘同在了。与其说她是感觉到，不如说她是清醒地意识到，在这一切的背后是内心的自卑和恐惧。要知道，她已经习惯于他自信满满的形象了，甚至是特别自信，自信到了犯傻和自恋的地步。

现在安娜很同情他：将一地的植物移栽异处，其结果常常是病态的生长。当然，他的无助，更准确地说是无所适从，在她看来就是缺乏意志力，这让她很是恼火。她很清楚他一天比一天消沉的原因何在：他需要新的动力、希望，新的兴奋和恣意妄为。她不知疲倦地反复对他说，只有这样他才可能去实现自己的新理想，开始新创作。

　　问题是，几乎任何一个真正的音乐人——双簧管演奏员也不例外——都摆脱不掉为自己创作音乐的虚荣想法，哪怕是为自己的五重奏小组写上两个作品也好，这么多年来他一直这样对安娜说。她早已对这种职业能力强大的男人所特有的温情习以为常了——我还要写一曲，她现在利用的就是这个弱点。她做了一切可能做的事情，目的就是把郊外这个暂时看上去令人沮丧的新居布置妥帖，装备完善，让丈夫感到更舒适、更方便。她自己一直在环线之外忙乎新居已经让她无法忍受了，但妈妈还是抱怨她只关心小楼而忽略了父母，她跟妈妈说：得有人给他做饭啊。

　　安娜和双簧管演奏员为协调郊外的生活付出了许多努力，也花了不少钱。在这一过程中二人一致同意，以后周末安娜来别墅和他一起过，而他现在变得越来越悠闲、懒散，所以如果在莫斯科没什么事，他就留在郊外，潜心创作。

　　当然，他们会在这里迎接新年，也会养一只狗，养一只他们盼望已久的博克斯犬。童年时科斯佳的一个小伙伴家里就养着一只棕红色的博克斯犬，孩子们坐在小雪橇上，它拉着他们，就像动物园里的矮种马。从那时起科斯佳就对博克斯犬充满了怀乡的温情，每当在大街上看到有人牵着浑身皱皱巴巴、一张脸看上去又聪明又忧郁、鼻子又短又翘的博克斯犬经过的时候，他总是停下脚步看得出神。

　　渐渐地，双簧管演奏员开始审视起自己不可避免的未来。有一天他呼哧呼哧地把一辆自行车扛进了他俩在莫斯科的公寓，这是一辆很好的自行车。也许，安娜搞不清楚它的链条、传动装置、齿轮、铃和其他许多零件，但看上去很高档。安娜知道，这些东西叫自行车零件。她想，也许这东西很贵，但问题不在价钱。她明白，她的努力没有打水漂，丈夫已经妥协了，并在已发生的一切中看到的都是好的和方便的一面，他已经做好了成为一个别墅人的准备。还有一个事实，就是丈夫称自行车为汽车，这使她的推断更加得到了确认。安娜感到一阵阵的轻松。

7

终于一切都收拾停当了：水龙头里流出了冷水、热水，暖气管子也接通了，厕所和浴室都可以使用了。七月，他们搬了家。

房子的布局是这样的：一楼是客厅和厨房；二楼是主卧和整幢房子里最舒适的次卧——安娜坚持称它为儿童房，热尼亚的房间，而双簧管演奏员却非要称它为客卧。双簧管演奏员的书房朝向村子，能看到花园、隔壁老太太家破旧的小房子、草棚，看见他们家的公鸡和母鸡。村子的远处，在一排排屋顶的后面，松林泛着蓝幽幽的光；每当深夜，街道的尽头会有唯一的一盏街灯在随风摇晃。双簧管演奏员站在自己书房的窗边，感到一种从未有过的平静与甜蜜的焦躁怪异地交织在一起的感觉：他感到，安娜已激发了他的战斗力，就在这里，在孤独中，他一定能写出东西。

应该说，小楼里的每一个邻居都没有在睡大觉。在新居装修的最初阶段，大家都跟打了鸡血似的兴奋异常，就像一群人集合在一起马上要出发去参加一次会带来无比幸福的旅行一样。大家都努力互相帮助，锤子和小刀常常是从一只手传到另一只手，男人们一起在太阳下喝啤酒，晚上大家聚在一起烤羊肉串，喝伏特加，骄傲地展示自己的发明和成果。亚瑟常常一边开酒瓶，一边天真地问双簧管演奏员：哎，你说，这里是不是很棒？他始终都想让科斯佳相信，投资这座房子不吃亏。双簧管演奏员眉头紧皱，连忙点头称是：是的，这里很好。于是亚瑟马上就和双簧管演奏员商量，他该把游廊弄成什么样的，是做成一个大的，能把进门楼梯都连接起来，还是怎样，因为他家有前后两个进门楼梯；应该怎样弄房顶才便于排水；等等。双簧管演奏员不停地点着头，饶有兴趣地指指点点。他聊了支柱，知道了*钢板桩*等建筑词汇。其实，有关建筑的事情他一窍不通，但一次当他不巧听到了亚瑟在关于建筑的探讨之后不小心很大声——亚美尼亚人就不会小声说话——对妻子说的话时，他还是被深深刺痛了：

"我不过是逗逗他，他倒弄得自己跟个建筑师似的。"

双簧管演奏员感到一阵苦涩。

普季岑警官请了去年攒下的一个礼拜的年假，在妻子的指挥下整日挥汗如雨地大干着：挖地，松土，还不知为什么往自己那块不宽敞的地方拖进了好多死沉死沉的鹅卵石，在前门台阶的侧面堆成一个金字塔状。而普季岑太太则负责室内，她的骄傲就是那套从赫朋家具公司弄来的空前绝后的芬兰草编家具。

双簧管演奏员也用自己那辆老掉牙的"小九"把乐谱和书一点点运了过来。一天当他正往家里大包小包搬东西的时候，普季岑警官龇着牙高兴地朝他喊道：

"我就说嘛，你读的书跟我们的不一样！"

这句话把双簧管演奏员搞蒙了。

双簧管演奏员不会知道，普季岑警官原来在莫斯科的住宅外面曾有一个连廊，隔壁住着一位副教授，他的鞋架就放在这个连廊里。鞋子很臭，对于普季岑来说，臭烘烘的鞋子决定了他对知识分子的态度——有些讽刺，又有些瞧不起……

双簧管演奏员回到家里，一屁股坐在客厅的沙发上，一边给自己倒了一点葡萄酒，一边若有所思地想着普季岑所说的"跟我们不一样的书"到底是什么意思。突然他恍然大悟，普季岑指的一定是苏联时期的一个老笑话：两个知识分子在进行秘密活动，打电话时将书称为葡萄酒，将地下刊物称为家酿酒。双簧管演奏员心里不高兴，在警官的话里他好像听出了暗示，说他喝酒喝得太多。

可事实确实如此。

但他总是为自己开脱说，等到他终于能够坐下来开始工作的时候，毫无疑问，他就能很好地控制自己，恢复已经失去平衡的工作秩序。到时他会骑上自行车去河滩，因为汽车停在地下室里，轮子已经有些晃了……

没有参加这场集体创建未来活动的只有宇航员。除去他性格中总是独来独往这种自闭外，还有一个原因，那就是只有他是不把这里当郊外别墅而是当住宅的人，他卖掉了奥金佐沃城里的房子。所以说，他的地位很特别，是公使级别的人。先不说他有多吝啬，就是邻居们没完没了地喝酒、吃烤羊肉串祸害掉不少钱这种冒失的行为就让他很是反感了。

第三章

1

宇航员的妻子冉娜知道，女人最重要的就是身体：她的身体圆润，正像她自己感觉的那样，很漂亮。腿虽稍短，但腿肚饱满，而脚踝又很细；大腿结实，腰细臀肥，腹部周正浑圆，乳房依然丰满高耸，这还是她自己全母乳喂养了两个孩子，没给孩子添加任何所谓的营养辅食之后的结果。她的脖子和肩膀白皙圆润，脑袋匀称，脸也是圆脸，虽看上去不是很文雅，但到目前 37 岁的年纪依然漂亮可爱。从少年时起她就每天照镜子，而且非常关注自己的皮肤状况，妈妈还教了她一个养颜妙招，那就是黄瓜片敷面。

其实早就告诉她且每天都告诉她对于女人来说身体是第一要务的是生活。一开始是邻居家的一群毛孩子，偷偷地躲在草棚后面摸她，后来是学校体育课更衣室的门卫。她年轻时是少先队营地的厨师，每次当她进了淋浴室，向胶合板墙上一个透光的小洞斜一眼的时候，都能看到一只睁得大大的兴奋的眼睛，孩子们又在偷看她了。而那个与她同乘一列车包厢的士兵，看到她睡前穿着一件薄薄的内衣，竟然尿湿了裤子，尿都流到了靴筒外面；继父经常下班回来一边喝着粥，一边对妈妈说：冉娜的两个奶子可真够劲儿，哎呀，是个好娘们儿！而且当妈妈刚一转身，他总是在冉娜身上拧一把，不是乳房就是屁股。

女人重要的是身体，而发型、妆容、眼睛只是通往正确道路的提示语。每当在电视上看到 T 台上的时装表演，她就忍不住吐槽，简直是一群排骨；看到人们跳健美操，她更是哈哈大笑到眼泪直流。她不相信什么健美运动、舍宾之类的玩意儿，口令前后矛盾、含糊不清，像翼趾龙似的。但是她相信俄罗斯蒸汽浴，相信让蒸软的桦树条直接抽打在面部、按摩全身才好处多多。只是按摩师一定要是男人，因为她无法忍受女人的双手触摸她的身体。早先当她从莫热伊斯科搬到了离莫斯科较近的奥金佐沃的时候，她有过一个男朋友，他是个聋哑人，起初他每周给她按摩两次，是付费的。后来每次之后他们就做爱，按摩也就免费了。冉娜把他们的这种关系也当作了按摩——体内按摩，更何况这个聋哑小伙子每次都激情四射，不知疲倦，而她的小肚子也逐渐紧实了。

如果在冉娜想做爱的时候男人和她东拉西扯，她就会感觉索然无味。她期待的只是能够展示自己身体的那一刻。但接下来必然发生的那些事对她来说不过是主页后面令人厌烦的附件：第一，她身上那个气喘吁吁的男人已经看不到她的身体了；第二，当一切都结束了，男人就对她的身体失去了任何兴趣。

她的第一个丈夫，那个工程师就是这样。他超级喜欢和她谈自己的工作以及他们汽车合作社里的事情。当冉娜的内衣不小心敞开了，他就会皱着眉头咕哝：哦，你快点扣上扣子，会感冒的。她对这个"哦，你快点扣上扣子"简直恨透了！就故意激怒他，让他火冒三丈。如果他在看电视，她就说：喂，你小声点！如果正赶上在播放足球赛，他听后立刻就会急眼，满脸血红，大喊道：说你呢，扣上扣子！

冉娜两年给他生了两个儿子后，就再也无法忍受和他过下去了，因此她离开了莫热伊斯科。虽然在那里她能拿到他支付的抚养费，但就靠他的工资和利用单位的车库偷偷挣的那点外快，也给不出多少。您也知道，就工程师挣的那一点点工资……

但是冉娜自己却很能挣钱。中学毕业后她学了女士美发的手艺。30岁之前她还两次在美发大赛上获了奖，一次甚至是在莫斯科，与来自整个莫斯科州的美发高手同台竞技并获奖，成为最高级的美发师。她在奥金佐沃落脚之后，很快就走红了：许多莫热伊斯科人闻所未闻的客人都云集到她这里，一句话——清一色是些高贵典雅的女士。有两个最知名的甚至请她去家里做头发，她们会派司机来接冉娜，她将一切必需品都收拾好放进汽车：她的工作服、工作鞋、客人用的围裙、干净的盖布和毛巾、小镊子、剪刀、推子，甚至连电吹风也要带自己那个西门子的。虽然客人家里也有，但不如自己这个用得顺手……很快冉娜就被城里最高档的美发沙龙"琉克斯"①请去了。

---

① "琉克斯"在俄语里是"高级""特等"的意思。

2

至于宇航员,他当然从来没有上过太空,他是个退休的飞行员。还没到期限他就被退回到地面部队,后来在地勤干到了退休。但他的这一段经历即使是他年轻的妻子也一无所知:冉娜比他小11岁,他们结婚才一年半。

他的真名叫沃洛佳,而"宇航员"是普季岑得知他和著名的宇宙征服者姓氏相同后给他起的外号,当然,他曾经是一个飞行员这个事实也是被考虑的因素之一。紧跟着普季岑,小楼里的其他居民也都开始叫他宇航员了……

把他开回地面并不是由于他的过错,而是发生了一连串不幸的事件。

他曾经在斯摩棱斯克郊外严格保密的沙塔洛沃军用机场的飞行大队服役。结果他的大队中竟出了一个叛国者,他还一直当那人是朋友。那人驾着当时超机密的一款米格战机叛逃到了西德,一个北约国家。发生这种事只能自认倒霉,正像他年轻时一首歌里唱到的:"秘密工厂的计划被窃取了。"

他被从大队长的位置上撸了下来,同时大队里的所有军官被停止晋级,当然,很快大队解散,叛逃者的同事们都受到了党内处分,统统被调离了飞行岗位,进入其他部队。他的父亲曾是一位非常优秀的飞行员、苏联英雄、卫国战争时期的王牌飞行员,后来50年代在朝鲜战场上又立下赫赫战功。在父亲的奔走之下,宇航员才没有被调往远东,而是到了莫斯科郊外的古宾卡，但却一直卡在少校这个军衔上。而他的私事当然也跟着他处境的变化变来变去。

他那位杰出的父亲深刻地影响了自己的儿子，很难说是好的方面还是坏的方面：两面都有吧。父亲带着战斗英雄的勋章从德国战场上回到家中。后来他带领的师就部署在了柯尼斯堡①，当时他是上校、副师长，并已在升任将军的预备序列中。一次在军官俱乐部里打台球，大家在争论，洞口击球落袋是否有背军人讲求荣誉的规范②。在争论得不可开交的时候，他用台球杆狠打了一位新来的将军的后背，不想那位将军是从司令部来的。他的性格中混合了伏尔加河岸居民的傲气以及台球手、好战的人和猎手的剽悍……这场台球的代价就是他的职位和军衔。他被降为团长并收回了苏联英雄的红星勋章，不仅如此，尽管他获得了很多勋章，但他没能光荣地回到古比雪夫，回到妻子身边，而是被派往炎热不堪的沙漠城市马雷③。而他靠着从1950年到1953年在朝鲜战场上驾驶自己的米格击落了美军5架野马式战机，又将英雄的称号、上校的肩章和从前的职位夺了回来。

父亲性格严厉而固执，但却对这个唯一的儿子宠爱备至：偶尔也会打几巴掌，但宠得非常狠。他常常带儿子去洗澡，两人一起蒸桑拿，用嫩枝条抽得浑身通红泛紫，然后请十岁的儿

---

① 今天的加里宁格勒。
② 这是俄式台球的一个规范，即一方的球停在袋口，对方很容易便可将其击入袋中。在正式比赛中此种情况是对方得分的，但在非正式比赛中，双方一般会事先商议，此类情况是否得分，因为这种情况相当于对方送分给另一方。在讲求荣誉的俄罗斯，双方往往认为这种得分有损荣誉。小说中描述的就是这种情况。
③ 马雷，土库曼斯坦城市。

子喝"日古廖夫"牌啤酒——说是要培养男子汉。宇航员12岁时，父亲突然出乎大家意料地离家出走，娶了一个年轻的女人，一个过去下属的遗孀。这女人还为他生了个女儿。四年的光景，父子几乎没见过面，直到母亲去世。当时宇航员读十年级，他在父亲的新家中过了半年，那段时间真是不太平：不断地与后母吵架，被派出所拘留，和老头儿冲突。一次当老头儿按照老规矩准备抄皮带的时候，两人差一点就打了起来。宇航员表现出了最危险的性格倾向，如果不是父亲及时把他塞进飞行学校，真不知宇航员的青春期会怎样结束。

3

　　宇航员征服了冉娜，是因为他能长时间饶有兴趣、无限享受地看着她的身体。他坐在沙发上，她就在他面前这样扭过来那样扭过去，他好像永远都看不够。夏季飞行轮值的时候，他几乎是超负荷运行，所以别的一切都让他疲惫不堪：血往上涌、血压升高，一切都提示这里是飞机的机舱，必须集中一切注意力在各种仪器上。不，当他单独跟妻子在一起的时候，他只想彻底放松——毕竟是亲人。而且他还是个健康有力的男人，肌肉紧实，身材瘦削，外表整洁而端正，对于48岁的男人来说他是很有型的……

　　他是这样成为单身的。

　　在古宾卡，他依然被禁飞，刚好那段时间又极其艰难。机场没有钱，没有燃料，古宾卡自己的飞行员也只能完成半数的训练量，于是他开始喝酒了。他的飞行自然取决于他的顶头上司，后来宇航员才知道，他的妻子也没跟他说一声，大白天就跑去那个大队长家里。大队长的妻子在附近一家疗养院做图书管理员，孩子在城里住校；她一边喝酒一边喋喋不休，别毁了这个男人，让他飞吧……宇航员被这个突如其来的命运的变动彻底惊到了，匆匆忙忙飞了几次。后来才知道，这一切的代价是什么。

一天，在浴室里，宇航员刚要走进满是燎过的刺柏味道的熏蒸房门的时候，一个同样被判升迁无望的大尉喝得醉醺醺地躺在木架子上，光着身子，手里拿着枝条，冲宇航员大声嚷嚷：怎么样，少校？戴着绿帽子上天，飞得舒坦吗？

在浴室的更衣室里，他当着同事的面把那个大尉打得半死，人们费了好大的力气才把他们分开。他回到家里大闹一通之后又把家具砸烂，把老婆打得满身是血，跑到邻居家躲了起来。他本来想开枪自杀，好在他一跟头摔在地毯上，竟然身心俱疲地睡着了。宇航员成年后虽然一直非常内敛而谨慎，自控能力很强，但父亲的风格、家族狂野的脾性以及抑制不住的情绪一直深藏在心底沸腾不已。

早晨宇航员又喝了点醒酒酒①，在开着的电视机前直发呆。电视里放的是问答游戏节目，他坐了半小时就关了电视机去了大队部。他找到大队长，给了他一拳。大队长只是耸了耸肩，但却随即从抽屉里掏出手枪。宇航员拿出转业报告拍在桌

---

① 醒酒酒，是俄罗斯人的有趣习俗，一般在酒醉之后的第二天还要再喝一点酒，这被认为能够起到醒酒的作用。

子上，转身便离开了。很快，两个星期都不到，他就非常平和友好地离开了古宾卡，离开了不停抽泣的、身上到处还横横竖竖贴满胶布的妻子。他只是拍拍她的肩膀，说：会好的，都会好的。他离开了令他倍感失望的军队，离开了过去全部的生活——他彻底离开了。

46岁，他开始了新的生活，像俗话说的那样，像一张白纸似的开始了。

他有一些钱，在郊外也有一座小别墅，古宾卡的邻居用半价把它买走了。他把这些钱加在一起，买了奥金佐沃的一个不怎么样的一居室公寓——厨房只有5.5个平方米。还算走运，退伍前不久，根据工作年限他升了中校。现在他这个退伍的中校很快就在当地的少体校里找到了一份工作：他从青少年时期就拥有了几个项目的三级证书，而游泳是一级。他还有军人退休金。

他过起了单身汉的生活，严谨规矩，彻底戒了酒。家里被他打扫得如医院般一尘不染，东西整洁规矩，洗脸池、浴缸里不见一点锈迹，房间地面铺着拼花地板，厨房地面的地板革擦得锃亮，毛巾永远都很新。为了使空气保持清新，即使是冬天家里的窗户也开着一条缝。他像斯巴达人一样严格管束自己的行为，从不领女人回家，在家里举哑铃，用冷热水交替洗澡，上班时在各种训练器上健身，好在学校的设施不错；他从来都是去理发店里刮胡子，这在当兵那会儿被认为是穷讲究，是老百姓吃饱了撑得没事干的闲散生活的标志之一；他的穿着不无讲究——皮鞋总是很有档次，且擦得锃亮，永远都穿一条很干净的蓝牛仔裤，上身穿一件织得很密实的灰色高领毛衣，外面套一件像飞行员穿的那种黑色皮夹克，头戴一顶带毛的鸭舌帽，仪表端正。

他又捡起了早已生疏的英语，他从图书馆里把那些年轻时想读却没能读的书借来，开始借助字典阅读。周六他的训练日程排得满满的，所以一般周日他就独自开车去莫斯科。除了去那里看过两次戏外，更多的时候就是开着车在大街上逛，四处张望，记住每一个转弯、各种禁止标志、红绿灯、小街道——首都的交通简直就像个大迷宫。他以前几乎完全不熟悉莫斯科，只是常常路过，他是在萨马拉长大的，然后去了飞行学校，之后是守备部队，夏天一般在索契。

4

不，他并不准备下半辈子就一直这么单着，他去剧院就有个隐秘的希望，期待能够遇上一个合适的女人。所以他想：既然准备结婚，那就不能像个孩子一样，应该把一切都提前考虑周全。他曾经在报纸上发过征婚广告，希望应征者给他写信，可得到的回答却很令人担忧，他很快就放弃了这个举动。一天他在翻看年轻时不曾看过的海明威作品时，偶然读到了其中的短篇《士兵之家》，主人公就像他自己一样，是个勇敢的军人：不要去寻找女人，当一切该来的时候，女人自己会找上门来……

一次他来到理发店刮胡子，坐在休息室里等待。透过旁边的一个隔断，可以清清楚楚地看到女宾部里的工作人员和客人。一个女理发师压低了自己的声音,他听到她说:看啊,姑娘们,来了一个帅哥!而冉娜是个毫不拘束的女人,她大方地朝他走过来说:公民,我可以给你刮脸。

宇航员摘下头上暖和的鸭舌帽,低下头说:请吧!他的头顶光光的,只有秃顶四周和后脑勺有一些绒绒的毛发。"你能行吗?"宇航员微笑地直视着冉娜的双眼问道。冉娜倒有些不好意思了。"可以稍微剃一剃。"冉娜回答。

后来他刮脸就只找冉娜了,冉娜也专门为他到男宾部服务。而她身边所有的女人,她的女同事和客人们也都忘记了各种明争暗斗——高档沙龙里怎么会没有这种可怕的阴谋呢,都恨不得屏住呼吸,关注着二人间关系的变化。

宇航员的举止非常稳重,没送一朵鲜花,也没说一句恭维的话。但他不紧不慢、一点一点地弄清楚了冉娜的生活状况。她还是有些单纯,甚至在这个不同寻常的客人面前有些胆怯。一切该知道的都弄清楚了之后,宇航员就在掂量:冉娜有个老母亲在莫热伊斯科,还有11岁和12岁的两个傻小子。父亲的老关系还在,可以把这俩孩子送进苏沃洛夫少年军校。老太太嘛,就让她自己在莫热伊斯科那幢窗台隐没在草丛中的小房子里陪那些天竺葵住着吧;如果以后怎样了,她那房子就是我们的了。冉娜有一套三居室的公寓:把它和我自己的都卖了,可以买一处新房子——他一直都盼着能有一套自己的房子。他在兵营里,在局促的小房子里住够了。房子要带花园,车子可以开进院子。要有车库,否则车子就只能停在室外的窗前,轮胎被扎破的概率会大两倍,还一定要有个单杠……一天,他邀请冉娜来到了当地的"彩虹"餐厅。

一切都在按照计划进行着。他对冉娜说：嗯，那什么，我们都是成年人，干脆就都别单着了，在一起得了；我其实到现在也完全不了解你，看外表你是个风情万种的女人。其实人一开始都是互不相识的，他说。宇航员还没忘事先声明一句，说：我差不多50岁了，所以不会有特强的欲望了。冉娜明白他话里的意思，想：难道这是主要的吗？哭了两声就过去了……

冉娜的两个小崽儿很快就被送进了少年军校，爱着新老公的冉娜从结婚的第一天起就称呼宇航员孩子他爸。两个儿子被送走，冉娜并不十分难过，她从来就不是个过于脆弱的孩子他妈，但她始终记着他们是那个讨厌的工程师的孽种。冉娜的母亲来看他们，一边流着眼泪，一边严厉地直视着宇航员的眼睛，说：你可千万别欺负我的小冉娜，她是个好孩子……这个老太太，这个马屁精，说这话时全然忘记了她是怎样把七岁的女儿锁在漆黑吓人的杂物间，风从一道道缝里钻进来，身边还有耗子在窸窸窣窣地发着声响：就因为小姑娘把校服的围兜弄上了墨水……宇航员送给这位新丈母娘一款厚实的围巾和鞋底纳得很结实的毡靴，他拍拍老太太的后背说：别担心，别担心，妈妈！我不会欺负冉娜的！

冉娜不是个模范妻子，饭做得也就是凑合，好在宇航员对饮食也不那么挑剔。但邋遢女人就不好了，必须对她进行军事化训练：饭后任何脏餐具在水槽里堆放的时间不得超过三分钟，我们可不想要蟑螂；每天睡觉前都要把垃圾桶倒干净；早晨起床后必须叠好被子；睡衣要整齐地叠好放在枕头下面，不能扔在扶手椅上晃荡。这简直就是军营，冉娜偷偷地叹息道，但心里却常常笑：哦，我这个男人可真不错……

每到晚上宇航员都坐在卧室里的扶手椅上饶有兴趣地看冉娜慢慢地脱下衣服。后来他开始送她带花边的内衣，看得出，那些花边令他那颗军人的坚强冷峻的心也开始激动起来了。

5

宇航员的飞机曾经在空中起过火，他曾两次被弹射出舱：一次是在海面上，但他没被淹死；一次是在林子上空，他在自己那顶没完全打开的降落伞下面被挂在了一棵橡树的树梢上。人们几天几夜才把他从昏迷不醒中拉回来，现在他知道，他是死不了的。

他知道，妻子是会死的，所以应该采用相应的态度对待她。如果她以后背叛他，他一定会原谅她的，对她就像对狗狗：既温柔又严厉。她身上最重要的一点就是她是个女人，让她来负责厨房和家里的卫生吧。

他要去挖地。

现在有个问题：他的那块地，邻居们称"那片"，可他叫它"机舱"，是最靠边的，而且它的下面是一条很深的沟，沟底有一条只有在春天的时候水才会满的小溪。沟的另一侧是一片松林，人们有时会在林子里放养属于当地产业的牲畜。

他有这么个主意：如果将属于他的那块地里的土挖出来把

沟填满，那么那块地就能拓宽很多，可以做一个花园。当然，若是别人，可以租一辆挖掘机，两天就把一切都搞定了。但那是别人，不是他宇航员。

第一，宇航员非常不喜欢花冤枉钱——再说他也没有多余的钱，现在他只有飞行员的退休金，所以很多事情他只能自己动手：他可不是四体不勤、不干体力活的主儿，他不吹号，不玩这些没用的。第二，也是最主要的，他要用自己的双手创造一切。未来花园的地应该好好检查，不能有砖头、石块或者垃圾、破烂，一切都应该是干干净净的：否则东西长不好。对土地就得像对娘们儿一样：有些蠢货喝得烂醉就搞在一起——很多痴呆儿就是这么产生的，他不知在哪里读到过这样的说法。

冉娜当然没猜到，宇航员给她定制的角色仅仅是做饭、打扫屋子，因为挖地需要吃饱肚子，也需要干干净净。

宇航员开始仔细地筛土：他的后院里各种金属废零件堆得像小山一样，仿佛这里是无数场坦克大战的战场。然后用独轮小车装着筛好的土，一车一车地倒进沟里。他像一只蚂蚁一样地干着，从日出到日落。秃顶、青筋暴起，在最寒冷的日子里身上只穿一条短裤和一件旧旧的背心，他几乎成了村中一景；他那个圆润丰满的媳妇儿永远都身穿比基尼，动不动就从屋子里跑出来，就这样跑出来。村里人如果在宇航员经常出现的地方没看到他推独轮车或者手拿铁锹，就会想，他出什么事了吗？好在上帝保佑，他平安无事。

第四章

1

多尔玛尼昂老太太一直认为自己是亚美尼亚人,但严格地说,她其实不是亚美尼亚人,她是俄罗斯人。但她的生活方式和思考方式都是亚美尼亚式的,只有骂人的时候用俄语里趣味横生的乡下脏话。

她出生在菲奥列多瓦雅的集镇,它位于谢万湖①对岸的山区里,可以俯瞰迪利然城,这是一个古老的莫罗勘派②教徒聚居的集镇,他们在很久远的年代被驱逐出俄罗斯,后来就定居在了高加索。她的家族是集镇上的贵族:她爷爷是莫罗勘派教徒族群的族长,父亲继承了爷爷的地位,后来成了集体农庄主席。

---

① 谢万湖,位于亚美尼亚共和国,面积 1240 平方公里,海拔 1200 米,是高加索地区最大的湖泊之一。

② 莫罗勘派是 19 世纪末从正统东正教中分化出来的一个宗教派别,承认人的本性自由、平等,反对教会、教会礼仪和僧侣,认为人的信仰是自由的,不应由任何规范来加以限制。该派别一直受到当局的迫害,大批教徒被强行迁往高加索地区。

从小她就能感觉出自己出身高贵:尽管长着一张并不漂亮的普通农村姑娘的脸,但不管怎么说她还是带有高贵的血统。年轻的时候身材窈窕,胸部丰满,是个迷人的女孩,且地位非常特殊:莫罗勘派的年轻人中还没谁能想到下山到迪利然城的电影院里去看一场《夏伯阳》①,更不知道城里的舞会是怎么回事。但对她——列娜·马蒙托娃——这些都不是事。无论是在莫罗勘年轻人中间定期举办的挨家挨户走的一种娱乐晚会上,还是在圣诗的演唱会上,她都是众星捧月的中心,人家毕竟是农庄主席的女儿嘛。战争的时候一切都乱套了,可她却跑到埃里温②上了埃里温国立工学院,把阿拉这条玻璃般清澈透亮的山间小河、河里撒着欢儿游的浑身布满暗色花纹的鳟鱼、山坡上的蔷薇丛、雪山脚下高大健壮的橡树、山谷里的桃园、乡村的宽广原野还有城里根本无处寻觅的亚美尼亚山巅上幽蓝的天空统统抛在了身后——她的莫罗勘的青春一去不复返了。

村里人当然不知道,她大二就入了团;同学们也不知道,积极分子列娜奇卡出身于教派信徒之家。五年级时她嫁给了身材矮小健壮的亚美尼亚小伙子多尔玛尼昂。他出身于普通人家,但正如她所说,他能给我输养。大学毕业后她直接读了研究生,获得副博士学位后便开始在大学里工作,35岁不到就已经是副教授了;丈夫多尔玛尼昂做了一家大工厂的副厂长,之后是厂长,是一家稍微小一些的小厂的厂长。

---

① 《夏伯阳》是根据苏联作家富尔曼诺夫的同名小说拍摄的一部影片,由苏联列宁格勒电影制片厂1934年出品。主人公夏伯阳是苏联国内战争时期的一位传奇英雄。

② 埃里温,亚美尼亚共和国的首都。

当孩子们还小——亚瑟 7 岁,安热莉卡 9 岁——的时候,入党多年的多尔玛尼昂夫妇也许不是最显赫的,当然也不像那些有一家小鞋厂或者小餐厅,抑或是几间车间的小老板,但肯定是埃里温的名人。多尔玛尼昂女士进入了贵妇的圈子:所有寄卖商店的工作人员都认识她,貂皮大衣有五件,宽边帽更是无数——她很适合戴宽边帽,无数的爱慕者都这样对她说;她家光餐具就有十套,在一个珍贵的小箱子里还放着金首饰、耳环、胸针,好几个大克拉钻戒,还有一座带玫瑰花园的别墅——就在距城里的家 15 公里的郊外,粉色凝灰岩房子的中心是三个房间。在这个家里,丈夫一直被称作"爸爸",他有一辆公家配发的黑色伏尔加,还有一辆白色伏尔加,是自家的,车前盖上有一只鹿的图案;工会每年都配发给他去世界东西两大方向各个国家的疗养证——去蒙古和各个人民民主国家,一次还去了南斯拉夫;儿子亚瑟在共青团工作,和头儿的侄女谈恋爱;女儿安热莉卡虽长得不漂亮,像爸爸,却嫁得很好,嫁入了豪门:亲家,他自己也不知该怎么称呼,就是他女婿的父亲,是个高档红木家具制造商……

不幸是随着共产党政权的解体轰然降临到这个家庭头上的。

2

共产党刚一下台,爸爸就中风了。他知道,他极有可能被从厂长的位子上赶下去。在新的体制之下,超过六十岁就别想在这个肥缺上坐久。多尔玛尼昂老爸被瘫痪彻底击倒，已经无法站立；老太太——当时还好着呢，胸脯挺拔，和年轻人一样——却没离开丈夫的病榻半步，为他擦擦洗洗，端屎接尿，就这样过去了漫长的五年，而她还没变成寡妇就已经老得很了。

这个家败了。安热莉卡的丈夫甩了她，远走高飞去了美国，她只好回到娘家；亚瑟工作的共青团组织已经彻底消亡，他和尼娜结了婚。尼娜生着一双迷人的杏核眼，喉结处有一点点黑黑的汗毛，一双大平足，但她出身很好。她的父母在古巴生活了五年，后来生了女儿，爸爸不得不去工厂工作，好在妈妈早早就让爸爸拿了工学院的文凭。

埃里温的电和煤气开始紧张，时有时无，爸爸的那辆白色伏尔加也加不到汽油了。这个家从酷炫的名人生活落入了暗淡的、前景迷茫的境地。周围很多熟人都离开了，有的出了国，有的去了莫斯科。父亲的葬礼一结束，亚瑟就去了莫斯科，一个人去的，去侦察一下，探探情况。

他是一个有悟性、有魅力的小伙子，要想开创自己的一番事业他还不够机智，也过于谨小慎微，但在别人的生意里他是很合适的：高大、魁梧、彬彬有礼。他在一个远房亲戚开的餐厅里找到了工作，并很快做到了餐厅经理。其实亚美尼亚人认为大家都是亲戚。后来他又做到了首都北部所有亚美尼亚餐厅网的经理。安热莉卡也随着弟弟移居莫斯科，亚瑟安排她在家里为自己麾下的餐厅烤蛋糕。

一开始他们是在卡卢加登记居住信息的，因为一个新近移居莫斯科的亚美尼亚人发现卡卢加的警察特别贪，于是他们就都在这个寂静俭朴的小城市登记，把自己的护照留在这里以防万一，因为莫斯科负责高加索民族事务的警察一看到卡卢加人那一张张南方人热情的脸，就一副郁闷萎靡的神情。那些脑筋活络些的就会试图弄清楚：他们这些卡卢加居民到我们首都来干什么？当亚瑟对周围的一切还没搞清楚的时候，他就一直用手里的一张电气火车票来往于莫斯科和卡卢加。用了很久，都过期了，但是拿不到贿赂的警察也懒得对着光线检查打孔机留下的那些痕迹①……很快亚瑟就开始连轴转起来，又向朋友借了点钱，买了位于沃伊科夫大街上一座五层楼中的一套两居室——步行就可以到工作单位，还把家里的两个女儿和小儿子都从埃里温接到了莫斯科。一年后，他一个搞郊区建筑的亚美尼亚朋友悄悄告诉他最好买下兹韦尼戈罗德郊外一座小楼中的一个单元。于是亚瑟第一个买下了房子，而且是从当地的高层手里买的，这些房子理论上是为当地企业的工人盖的，但这些高层人士却用它们牟取私利。亚瑟讨到了一个好价钱，支付了只有后来的买家所付一半的价钱，特别是比普季岑夫妇的少很多。

多尔玛尼昂老太太很快就在埃里温注销了户口。她在老家待得很没面子，已经待不住了。因为左邻右舍已经在嚼舌头，说她的儿子真够差劲的，抛下老妈一个人去俄罗斯逍遥，看都

---

① 以前的月票记次方式是打孔，有效期标得很模糊，检查时需要对着光线才能看清楚。亚瑟他们这些高加索移民身份合法，莫斯科警察从他们身上讹诈不出什么钱，也就不管他们了，尽管他们手里的火车票已然过期，警察也懒得检查。

不看老妈一眼。在高加索没人会这么做，在那里尊重长者是最为重要的事情。但是她自己心里清楚，她的亚瑟是一块金子，他是最好的儿子，没有之一。

双簧管演奏员出现在小楼之前，老太婆已经把靠近他们家院子的那部分地都翻了一遍，在正门口的台阶前弄了一个小花坛，在房后还开了一片菜园。夏天还没到就已经种下了好多东西。她血管里奔流的农民的血液终于有了用武之地，她很会和土地打交道，周围的邻居没谁能赶得上她，甚至普季岑娜也远远地落在她后面。虽然她也曾是城里人，但她只是刚刚住进城里的第二代，老太太心无旁骛地种啊，锄啊，又是施肥，又是浇水，兴奋无比。

亚瑟不知疲倦地到各处去弄东西，然后用车子拉过来：水龙带、肥料、好土、沙子、碎石子。他要在屋前屋后各建一个游廊，工地上一天到晚发出的声音搞得双簧管演奏员很是恼火；亚瑟还搞来一个功率足够烧耐火砖的烧烤炉，每到周六小楼就到处是呛人的煤烟和烟熏火燎的猪肉味；他还在院子里放了一张带篷的大红色塑料桌子，为了稳定，棚子下面空心的塑料支脚里灌满了沙子，篷子上写着大大的几个字：MARLBORO；他还配了一套大红的塑料椅子——这些全都是从他管的一家咖啡店里弄来的；在房子的一侧亚瑟用很好的木料做了一个能停三辆车的铁皮顶棚的车棚，还把自己那部分院子用很高的栅栏围了起来，用铁丝网跟双簧管演奏员的家分开来。很快多尔玛尼昂家就出现了一只六个月大的一身乱毛的牧羊犬，于是小楼一侧的这个车棚就成了活脱脱的一座苏拉米城堡①。

宇航员在挖地这件事上怎么也赶不上亚美尼亚人这一家子。首先他是一个人在挖，可是亚瑟这边常常是七大姑八大姨一起上阵。每个周末他们家都有一群一群的人来吃羊肉串，而且每个人都称兄道弟，每个人还都各负责一摊扩建美化的事。这还不算，亚瑟还很善于利用当地居民的力量，还会时不时不知从哪儿弄点机器来用。

但雇当地人来帮忙干活的事别人想都甭想。比如，双簧管演奏员就跑到村子的一家小铺子，有几个喝得晕晕乎乎的汉子成天蹲在那里——这个姿势叫作"集中营蹲"——无望地奢望着有谁能请他们喝口啤酒。科斯佳一次在亚美尼亚人那里看到一堆新鲜的土壤刚刚运来，就让他们赶快把土撒到整块地上。作为回报，他慷慨地许诺了一整箱啤酒和一升伏特加。"不，老兄，我们可都是病猫啊！"一个脸上扣着一顶油脂麻花大盖帽的汉子有气无力地回应道，其他几个甚至连耳朵都不抬一下。可是到了亚瑟那里，这个魔术就变得非常精彩：没有伏特加，几个人喝一瓶啤酒。他们对亚瑟就像侍卫对长官一样言听计从。干完活，他们还点头哈腰地说谢谢。虽然双簧管演奏员不止一次地听到他们在背后臭骂亚瑟是黑毛②、蠢货，还威胁要把小楼一把火点喽。

普季岑警官在这场扩建工程竞赛中排第三。当妻子还在地里磨蹭的时候，他一直在把很大的石头往自己那块地里不停地

---

① 苏拉米城堡位于格鲁吉亚共和国著名的旅游胜地苏拉米。
② "黑毛"是当地居民对高加索居民的污辱性称呼。

拖，就是那种邻居都不要的大石块。他的这项工作看上去很神秘，宇航员也一样，他在自己那一侧地里把土一层一层地弄掉，但却不均匀，而是根据周边的布局而定，很快一幅未来宇航景观的外形就显露出来了：游廊，汽车车轴宽窄的一条陡峭弯曲的黏土路从公路那里向下，一直能开到他的那个*隔舱*的正面。

双簧管演奏员是最不行的。夏天快结束的时候，他只种下了一丛丁香、一棵醋栗和一棵茶藨子。一天，当他在后院用自己那把残废了的铁锹瞎磨蹭的时候，他突然发现老太婆站在铁丝网后面，两手叉腰，两眼盯着他在不停地摇头，还在那儿责备地喷着舌头。她含糊不清地嘟囔着，说的大概是亚美尼亚语。双簧管演奏员听不懂她到底说了什么，但根据语调能猜出来，她是在骂他。可以肯定的是，她为那把好像是他偷来的铁锹在指责他。他很想辩解，但老太婆转身朝自家菜园的自动喷淋器走去：亚瑟给她安装了这么一个会转动的设备，以至于周围很远的地方喷出的水都在阳光下闪闪发光。

像所有神经衰弱的人一样，双簧管演奏员对一点点即将爆发的争吵都感到很不快。他希望自己能像任何一个正常人那样得到大家的喜爱。当然他很清楚，即使大家喜欢他，也不会是所有人都喜欢。就在这时，一个愚蠢的机缘巧合瞬间发生，虽然他千方百计想和这些郊区的新邻居好好相处，一只猫从他和老太婆中间跑了过去①。

很快他隐约感觉到，亚美尼亚人家开始对他冷淡起来。比

---

① 俄罗斯人相信，如果一只猫从两个人之间跑过，这两个人一定会发生争吵等令人不快的事情。

如，有一次就没叫他去参加周六的羊肉串聚会，而叫了普季岑警官一家。虽然他不止一次地避开邀请，但那一次还是很令他不快的。还有一次，当他饭后在自己书房里摆弄乐器的时候，房门口传来了剧烈的敲门声。他走出来，门外站着老太婆。平日里她总是一个人在家带小孙子，家里其他人都在城里：孙女们读书，亚瑟工作，他妻子自然和家里人在一起……

老太婆说：

"你呜里哇啦地能不能小声点？卡连奇克在睡觉呢！"

她这话说得倒没什么恶意，她对所有比她年轻的人一视同仁，都称呼"你"①。但老太婆对音乐奇怪又不专业的态度，她那句说孩子时用的"呜里哇啦"让双簧管演奏员感到很是厌恶。

3

听说，小卡连奇克这个星期要过 5 岁生日，这个重要的日子安排在本周六庆祝。双簧管演奏员想，让安娜也来，这样他们一起去亚瑟那里吃羊肉串。给卡连奇克带点礼物，也给小姑娘们带点，他再拿几瓶伏特加和葡萄酒。给老太婆呢，带束鲜花，再买条 Vogue 牌香烟，老太婆常常背着儿子偷偷抽烟。上帝保佑，但愿那件小小的不愉快就这样糊弄过去吧。

九月就快结束了，到处是随风飘动的蜘蛛网，隔壁院子里

---

① 在俄语中，不熟悉或关系不很亲密的人之间要称呼"您"。老太太称呼双簧管演奏员"你"，被后者理解为不尊重。

散发出安东诺夫卡苹果的清香,花楸果也红了,空气变得明亮通透。星期六中午时分,客人纷纷到了,隔壁鸡窝周围的大街旁那块已经泛黄的草坪上停着一辆奥迪、两辆沃尔沃和几辆日古丽,还有一辆白色的伏尔加。这个牌子不久前在埃里温还被认为是最豪华的,人们称它是社会主义时代的"亚美尼亚奔驰"。原来,莫斯科亚美尼亚侨民中有头有脸的人物今天都到这座小楼来了,尽管它位于高档的奥金佐夫区边缘这个几乎被遗忘的工人新村里。村里人大张着嘴巴,惊讶地看着那些皮肤黝黑的男男女女。女人各个"吨位"巨大,短腿,大屁股,穿着镶蕾丝的丝绒裙子,戴着钻石首饰;男人们则穿着丝绸衣服,胸口挂着像女人手腕那么粗的金项链。

那天的小寿星卡连奇克一大早就被打扮得像个皇太子,他也的确是显赫的多尔玛尼昂家族唯一的继承人。继承人穿着鲜红亮面的连衣裤,能看见里面天蓝色带白色花边领的缎子衬衫。他举止严肃,而客人则点头哈腰。他不停地收着贵重的礼物,但始终噘着嘴巴,任性的小脸上看不到一丝快乐。他两次要大哭,但老太婆慌忙解释说,他这是太累了。她也稍微打扮了一下,在她那布满皱纹的、被菜园里的太阳晒成深红色的胸口上戴着一根假的珍珠项链,看上去可怜巴巴又令人感动,瘦削劳累的手指上戴满了各式金戒指。

安娜快到下午三点才赶过来,她说迟到是因为上午一直在忙着买东西:双簧管演奏员前一天晚上给她打电话告诉她这一切,甚至还让她列一张清单。丈夫这种从未有过的正式态度让安娜感到,这是件很严肃的事情。

所以当她把自己的那辆茄紫色欧宝停在亚美尼亚人的奔驰旁边的时候，双簧管演奏员只好从家里到汽车来来回回跑了三趟才把买的东西搬了下来。就像丈夫吩咐的那样，安娜这一次很是大方，给皇太子买了一部双簧管演奏员从没见过的儿童滑板车，德国货，特别漂亮。整个车身闪耀着贝母的七彩光泽，轮子上面还有一片凸起的小小脚踏式刹车板，镀铬的龙头两侧是软质的 PVC 把手。给皇太子姐姐们的是两个礼盒，盒子的正面有一块透明的玻璃纸，透过它可以看到里面两个穿戴不同的芭比娃娃的小脸。买的那条烟不是 Vogue 牌的，而是更贵的 Davidoff 牌的。在很多盒装的食品中有三瓶意大利的康帝干红，一瓶一升装的"首都"牌伏特加，还有一些乱七八糟的东西是买给自己吃的。

在房后的空地上，大家正在忙着上菜。亚瑟的妻子尼娜和姐姐安热拉在摆餐具，两三个年轻的表兄弟在摆弄烧烤箱里的炭火，把一块块肥瘦相宜的排骨穿在铁钎子上。一个大盆里一大堆血淋淋的肉往外渗着血水，几只头上带环的拧成麻花状的粗钎子在旁边翘着。一个四十岁左右、浅发色的亚美尼亚男人两手插在裤兜里，百无聊赖地站着，一会儿聚精会神地看着蓝天，一会儿又目不转睛地盯着远处的空地。后来才知道，他叫哈姆雷特，是安热拉带来给家人相看的未婚夫。两人半年前就偷偷住在了一起。她认为，在这样一个日子里，她那个冷峻严肃的弟弟一定会对他笑脸相待，会宽容一些的。老太婆现在已经不再管家里乱七八糟的活计了，她就和小寿星待在一起。

普季岑太太突然走到了安娜身旁。双簧管演奏员在楼上自己的书房里偷偷服用,他自己如此称呼自己的行为,开胃酒的时候——实际上,他以自己最笨的方式激动着——女人们在楼下的客厅里聊着给卡连奇克的礼物。普季岑太太还和安娜分享了小楼生活中的最新资讯,其中最关键的一点就是谈到宇航员令人难以容忍的龌龊行为。他圈的地比别人家都多,不仅如此,他还拉了一根测量绳,不是直拉的,而是斜拉的,就是想从普季岑家那里多占一块。普季岑太太说:"这事没完……"

安娜和普季岑太太是最早跑来给亚美尼亚人祝贺的邻居代表。

安娜从家里把那辆神奇的宝贝推到了多尔玛尼昂家人面前,听到的是一片高加索式的殷勤客套。老太太也被忽悠住了,因为她的孙子一下子就喜欢上了邻居送的这个礼物,而且他连给姐姐的礼物也拿了,还把娃娃紧抱在胸前,准备如果发生什么就声嘶力竭地大哭。两个小姐姐本来想抗议的,但每个人后脑勺挨了奶奶一巴掌之后,想想等奶奶不在的时候再收拾弟弟,也就不吭声了。半小时后恭请大家落座,亚瑟的肚子已经咕噜噜直叫了,但这位餐饮网络的大管家依然带着训练有素的职业微笑对大家说:恭请大家,恭请大家。一点小仇都记在心里的老太婆附和着儿子。半小时后,大家在屋后游廊的一张大桌子边落座,来了四十几个人,竟然都坐下了。

4

聚餐开始的时候,小寿星并不在,孩子回屋睡觉去了。亚瑟把来宾一个个地介绍给大家：有两个卡连，与皇太子同名，其中一个是他的表哥；两个阿尔缅，阿绍特、阿尔森各一个，一个哈姆雷特，刚才已经说过了。还有巴格拉特、卡斯帕尔和取了俄罗斯名字的谢廖沙，但是在俄罗斯人看来他恰恰是最富有激情的高加索男人——来人太多了，不能一一列举。家眷们也来了不少，虽然她们也同桌就餐，但亚瑟并不介绍她们，"我们可不像那些阿塞拜疆佬"，我们那儿不兴这个。这几位是我们尊贵的邻居，亚瑟用手一指。双簧管演奏员欠了欠身子，先自我介绍，再介绍了妻子和普季岑太太。警官那天不知为什么迟到了，他被很不是时候地派去生活用品店买餐具洗洁精，然后就没影儿了……亚瑟让大家斟满酒杯，然后站起身来开始说祝酒词。

　　如果你不是喝多了，要重复这些祝酒词简直毫无希望①。比如，第一杯是为亚瑟故去的父亲季格兰·阿瓦涅索维奇喝的。两个阿尔森中的一个，不是那个表兄，是另一个，手上、脖子上戴满了金链子，是莫斯科西北区一家甜品店的老板，对着亚瑟没完没了地说了一箩筐奉承话，吹嘘亚瑟的老爸，一边还吃着热乎乎的多尔马②。老太太前一天忙了一整天，做了满满一大锅子的多尔马。双簧管演奏员低声对妻子耳语道：我们的亚瑟，就是季格兰诺维奇③，这名字放在他身上太合适了。后来，当他们在家聊天的时候就一直称亚瑟为季格兰诺维

---

① 这里的意思是高加索人喝酒时的祝酒词总是长篇大论，所以无法复述。
② 多尔马是高加索地区的一种菜肴，是将苹果、梨子等水果挖空，填入大米、洋葱和羊肉一起烹调。
③ "季格兰"是"老虎"的意思，这里是在夸亚瑟能干。

奇了。

　　这时皇太子被带了出来，小家伙睡眼惺忪，不住地用小手揉着眼睛，对着秋日耀眼的阳光和一大堆客人眯缝着眼睛。显然，这种一群人黑压压地聚在一起你一言我一语吵吵嚷嚷的情景对他来说一点儿也不新鲜。当女人们挠他小肚子的时候，他就收起快乐的微笑。他懒得一次次躲开大人的亲吻，干脆就转身离开了；他被抱到爸爸的右手边坐下，另一侧坐的是奶奶。有一个大块头的亚美尼亚人，是他的堂叔，也是多尔玛尼昂家族的一员说，祝愿我们亲爱的卡连奇克能成为爷爷那样的人，能成为爸爸那样的人，不要辱没了多尔玛尼昂家族的荣光，要尊敬长辈，珍惜兄弟情义。说完，他就着蒜汁茄子、番茄酿肉和卷着蔬菜的拉瓦什薄饼端起酒杯一饮而尽。这时，一阵阵带着木炭清香的烟飘向餐桌，原来一位表兄正用一块胶合板不停地扇着烤炉，把火弄得更旺。亚瑟亲自站在烤炉前，两手抓着插满用番茄隔开的肉块的铁钎对着胶合板。在高加索有一个规矩是众所周知的，那就是在家里必须由男人来做肉菜。

　　亚美尼亚人的喧闹和烤炉的浓烟把双簧管演奏员搞得头痛欲裂，于是安娜很善解人意地让他出去透透气。不知从哪儿回来的普季岑警官坐到了他的座位上——他已经半醉了，但还是塞给妻子一瓶 Fairy 洗洁精。

　　"哎，放一边去！"普季岑太太低声说道。

　　"不，你说，我买的对不对？"半醉的警官执拗地问。

　　安娜和那些亚美尼亚女人聊着她们每人身上恨不得有两公斤重的零碎玩意儿，也给她们看自己的手镯和戒指，这些东西对南方民族的女人来说就是脸面。双簧管演奏员走到十米开外的地方点了一支烟,他很想回家去,或者跑得再远一点——干脆现在就去西班牙巡回演出才好呢,这本来是计划十月份要去的。最好去巴塞罗那,晚上,穿上雪白的西装,去林荫大道上溜达……

"亚瑟说你是混文艺圈的?"

双簧管演奏员转过身来,看见那个戴着粗大金项链的甜品店老板站在面前,也不知他是阿尔森,还是阿尔缅,哦,不,是卡连!他大张着嘴,龇着牙,几颗大金牙闪闪发光。

"哦,是的,瞎混混。"双簧管演奏员懒洋洋地答道,心里有些不高兴。

"我知道,你们文艺圈的人都挺有钱。我有一个兄弟,原来在音乐厅干过副经理。走吧,"甜品店老板用手揽住双簧管演奏员的腰说,"我们去吃羊肉串。亚瑟烤的羊肉串,那真是唇齿留香,太好吃了……你会吃一串想两串的。然后再吃我做的蛋糕,噢,那美味你听都没听说过。"他张开两手,捅了双簧管演奏员的肚子一下,开心地笑了起来,露出了自己的大金牙。"你们莫斯科根本没人能烤出那么好吃的蛋糕……"

双簧管演奏员吃掉了两串羊肉串,喝掉了差不多一升的伏特加——旁边的人一直在不停地给他倒酒,他就喝啊,喝啊,不等祝酒词说完就开喝,而且是大口大口地喝,以他习以为常的方式,但是酒倒得太多,他一口都喝不到底。很快他就昏昏欲睡了,甚至还打了两个响嗝。他低声对安娜说:我回去了。然后就摇摇晃晃地站起身,跌跌撞撞地挤出人群,一句祝酒词、一句感谢的话也没说。大家都很不满意地目送他离开，那些目光分明是在说：这些俄罗斯蠢猪，一点儿聚会的礼仪都不懂。

安娜自然是留了下来，她需要摆平丈夫的举动留给大家的坏印象。而双簧管演奏员蹒跚地走回家，一路上不停地嘟囔着："文艺圈——全文艺……"书房里，他摆着自己的个人专辑，其中收录了他所演奏的最佳的四重奏作品。他扑通一声倒在沙发床上，还在咕哝着"文艺圈——全文艺……"

第二天上午他很晚才醒来，让安娜给他煮一杯浓浓的茶，服了一片阿司匹林，就打开了双簧管的盒子。离巡回演出只剩下了不多的时间，而整个夏天他都在笨手笨脚地做房子的装修扩建这些杂七杂八的事情。就像童年的时候妈妈总说的那样，她从来不说快去学习，而是用做事这个词，如，小声点，爸爸在"做事"，而不是在"工作"。每天排练的时候大家也是这样说的，里赫特①也用这个词。

每次要开始吹奏的时候，他都会把管盒拿到面前，小心地拿出乐器。在要凑到嘴唇上之前，他都会抽两三下鼻子，仔细地闻一闻。双簧管散发出一股小树的味道，就像是刚洗过澡的孩子头发上的味道……他专注地"做"了大约一个半小时的"事"，汗水湿透了衣服。他手里拿着双簧管来到阳台，看见下面亚瑟和他的一个堂兄弟两人赤裸着上身，在用一副担架抬很沉的石块，大概是用来铺路的。他们把石块倒在他们两家公共

---

① 斯维亚托斯拉夫·特奥菲洛维奇·里赫特（1915—1997），被公认为是20世纪最伟大的俄罗斯钢琴大师之一。

的篱笆门前，小楼就是这样设计的，每两家连在一起的地块上有一个共用的篱笆门。亚瑟看到了双簧管演奏员，放下了手中的担架，擦了擦脸上的汗水，龇着牙开心地叫道：

"体力劳动是最好的解酒药啊！大汗淋漓比什么桑拿都有效。"

这时老太婆突然从阳台下钻了出来，抬起头，仿佛从来就未曾有过昨天的友好聚会似的，粗鲁地大声嚷嚷起来：

"你这喇叭吹够了没有？"

"这不是喇叭，妈妈，这是双簧管。"她的儿子说完，又放下担架，饶有兴趣地看着这一幕。

"我还当是长号呢。"老太婆发现她还有那么点音乐知识，就兴奋地回应道。然后又重新转向双簧管演奏员："怎么着！你心里就琢磨着让他俩替你干，是吧？以后这路你是不走还是怎么，啊？真没见过你这号人！他们就应该抬担架？也就是说，我们是亚美尼亚人，而您应该吹双簧管呗！"

在接下来的练习中，双簧管演奏员一直心神不宁，感到非常恐惧和委屈。他弄不明白，难道他不是昨天悄悄地塞给老太太一条昂贵的女士香烟吗，怎么跟她解释，说他的手，他的手……他的心脏一阵阵急跳——心动过速了，于是他给自己倒了些白葡萄酒。

第五章

1

小楼的四周住满了人。

这里的居民都不是当地人,都是从不同的地方搬迁过来的,因为这里是几十年前给工人们建的所谓的"MK 副业村",MK 就是苏共莫斯科委员会。那么相应地,这些主要的房源,包括东倒西歪的破旧房子与板棚,是不属于居民个人而是属于生产单位的,过去叫作"公家"。这里的居民不是主人,而是靠上头的慷慨才得以生存的。

对于住在首都的党的高层来说,从前这里广阔的原野上有一家农场,甚至还有能生产酸奶的车间。但现在这里芬兰进口的设备已被抢劫一空,巨大的厂区荒芜一片。这里的人们现在种生态苹果,挖生态土豆,挤生态牛奶。看厂长纳瓦尔斯基位于银行家村的豪华别墅就能够判断出,原来的生产单位已经不复存在了,当然,它也曾经繁荣过。但再看普通工人住的那些残破的房子,你又不能这么说。这种鲜明的对比已不属于生态的洁净,而是属于意识形态的纯洁了:您在哪里看到过发达的社会主义制度下不按劳分配的粗鲁的平均主义！社会主义早已结束了，莫斯科委员会下令要人们过下去，于是这个村子就留下来了，而且它还继续沿用以前那个正式的名称。

村里有一个特权"夹层"，他们是总工程师热尼亚和他在房地产公司工作的妻子、电工谢廖沙和他在疗养院做群众工作的活宝妻子。两个男人都来自贝加尔湖以东某座已废弃的城市，都是工程师。谢廖沙是电气工程师，微电路方面的专家。这两对也住在一幢设施齐全的小楼里，只是小楼没有双簧管演奏员他们住的那幢大。还有农艺师瓦莉娅和她的丈夫萨沙，他是纳瓦尔斯基的贴身司机。他们夫妇甚至在莫斯科还拥有一套一居室的公寓，正在出租；还有两位单身女士，一个在人事科，一个在会计科。他们都很干净，是普通大众。

级别再低些的是三个翻斗车司机，他们构成了村里无产阶级的上流社会。他们三个在当地很受大家的尊重，因为他们是酒喝得少、按当地的标准挣得多的人。

吉洪爷爷没有和村里人住在一起，他平日里制作冬季用的除雪铲，秋天卖土豆；他的儿子卖啤酒，就在列宁大街和卡尔·马克思大街的街角处，这个营生也挺受人尊重；吉洪奶奶自己酿制烧酒出售，还放钱生息，这在过去就叫富农。而其他那些在莫斯科委员会不复存在之后依然留在村里并失了业的人每天都喝得烂醉，生活全靠家里的菜园子。

上文已经说过，村子的中心有一个巨大的臭水坑，散发着猫狗们钟情的气味；母鸡经常来这里啄食，膘肥滚圆的懒惰的大老鼠连看都不看这些母鸡一眼；乌鸦也常常会聚集到这里；

第五章

这个臭水坑有点像村里的动物园。

村里的管理部门偶尔也会想起这个臭水坑，于是一年两三次向坑里泼汽油，然后点燃。人们从火堆里捡出烧焦的老鼠，空气中到处飘散着奇臭无比的黑烟。黑烟慢慢被微风带到林子里，两三天才能散尽。小楼的住户眼看着一辆大吊车开到臭水坑近前，从车上卸下来三只锈迹斑斑的沉重的大铁箱子，一闻那味道就不难猜出原来是做什么用场的。村里的头儿们认为，现在村民们都挺有觉悟，他们一定会将生活垃圾放进这些大箱子，然后再用车把它们拉到正规的垃圾场。但这个理想就和俄罗斯这块土地上全部的幻想一样命中注定不会实现：一天夜里，垃圾箱失踪了。

村里人深信，这肯定是被那帮酒鬼给搬走了，但要偷走这三只能把抬的人累死的大铁箱子，那得有多高的热情啊！而且，偷走了之后干什么用呢？

村里人中流传着两种说法。第一种说法是：偷到银行家村里去了。但银行家们，愿上帝饶恕我，要这几只锈迹斑斑、臭气熏天的大铁箱子干什么呢？这种说法产生的本身就说明，老百姓对于银行家们和官员们的生活根本就没有概念……第二种说法好像更靠谱一些，说是：大铁箱子去了离村子不远的克洛波沃村。从这里到克洛波沃只有一条路，要经过小楼，经过银行家村，往左就到克洛波沃了，再往前就没有路而是一个陡峭的斜坡了。这个说法相对可靠，因为那种生锈的结实的大铁箱在农民们的日常生活中是用处多多的：把它们埋在菜园子的后面，夏天往里面扔进去各种杂草、茎叶等，来年春天就会沤成最好的农家肥……可是虽然说法满天飞,但臭水坑还是臭水坑,没一点改善的迹象。

2

当然,莫斯科委员会副业村的生活虽然表面看似波澜不惊,但内里却拥有自己独特的节奏。那是漠然的目光所看不到的。银行家和官员乘着自己的宝马豪车沿着公路飞驰而来,穿过村子,径直开往自己的别墅。他们是外人看不见的别墅的主人和旅游者。这里的生活外表宁静平和,其实喧嚣躁动,仿佛癔症发作。

这不,一家的丈夫用家里的闹钟和枕头抵了酒钱。虽然他喝头锅酒喝得烂醉如泥,舌头打了结似的语无伦次,但在妻子的重压之下他还是说出了地址,妻子又把东西赎了回来,但事情并没有结束!演出就此开场,唱大戏一般,混杂着女人手指被折断的声音,伴着鬼哭狼嚎、脏话、诅咒,"我弄死你""可恶的东西""我可没钱给你买药""你这个该死的臭婆娘"……这一切让村里人的生活变得妙趣横生。

还有件事。一只夜间没拴住的家狗咬死了邻家的一只鸡。鸡主人举着棒子对那只狗穷追不舍,还要求闯祸的狗的主人赔他一只鸡。你必须赔我一只鸡,这只鸡的血都淤在里面了。委屈的鸡主人说道。鸡不是已经给你了嘛!犯了错的狗主人耍着滑头回答道。争端最终只好提交到由邻家大妈们组成的村民大会来决断。这种事情也使得村民的生活变得多姿多彩。

或者还会碰上这种倒霉事：从兹韦尼戈罗德来了几个哥们儿，非要村里的小卖部向他们交保护费。事情很明白，这就是黑手党。大家只好都在家里看电视，可是很难受，没地方喝啤酒了。这也成了村民大会讨论的议题……小卖部大门紧锁了三个多月，后来有了新主人。日子还是按部就班地过，但比过去好了：原来那个女售货员从来都说没有回收箱，拒绝大家用空瓶子抵啤酒钱，而现在回收空瓶子虽然比过去便宜，但回收箱总是有了，能抵点酒钱了。

村民们常常庆祝节日，无论是旧时苏联的节日，还是宗教节日。虽然这里根本没有一个虔诚的信徒，最近的一家教堂距离这里也有50多公里。另外，他们也过新的民主节日，有时连死了人也会庆祝一番，比如锯木厂大树把人压死了，谁被电死了，谁喝酒喝死了，谁老死了，但老死的一般都是老太太。这里追荐亡人的酬客宴总是过得很欢快，有蜜粥、自酿的伏特加，还玩互殴游戏，有时还演奏手风琴，说是*死者热爱音乐*……

小楼孤傲地矗立在村里的湖边，准确地说是池塘边。但很快村民们一地鸡毛似的生活中那种种看似寻常实则可怕的事情便潮水般地向它的砖墙涌来。首先就是以物品失踪的形式表现出来。

且不说那些夜里忘在楼前台阶上便不翼而飞的煎锅或者篮子，第一个遭殃的当然是双簧管演奏员——他放在地窖里的自行车不见了。他竟然傻乎乎地没锁地窖，因为当时他在给地窖通风，希望水泥地上的积水能够被风吹干蒸发掉：这是普季岑警官给他的建议，警官也没想到会这样。亚瑟冲着他双簧管演奏员哈哈大笑，而普季岑则拍着自己的大腿，高兴地建议亚美尼亚兄弟来两杯波尔特温酒。亚瑟不喝这种饮料，除非来点艾格沙特①，于是两人喝掉了半斤。

但很快在警官紧锁的地窖里的两桶汽油也不见了。他有点怀疑是宇航员干的，因为他们两家地窖的钥匙几乎可以互开。但这时电工谢廖沙来了，他身子干瘪，个头矮小，对什么都出奇冷漠，特别是对胖子。他说：

"我们那儿也在丢东西，不管你锁没锁门……村头有一群小孩正在骑您的自行车。"他对双簧管演奏员说，"我还在想呢，他们从哪儿弄来这么一辆自行车？您要是愿意，咱们过去把车子要回来。"他尽管在建议，但看得出其实毫无热情。双簧管演奏员谢过他，说得想一想。

其实，他本来刚好是想把这辆自行车送给电工的，因为是谢廖沙帮他把家里的一些辅助线路排好，而且干得干净利索还没拿一分钱。干完活，电工也没吃下酒菜，只喝了两杯伏特加；他还拒绝了法国干酪，只是闻了闻带罂粟籽的白面包皮。那辆自行车，双簧管演奏员只骑过一次，可是车龙头不够灵活，两侧的脚镫子也很紧，骑过之后腿肚子生疼。自行车自己也不想往山里跑，下山时它不愿意好好刹车。双簧管演奏员想，他青年时代骑着自行车满世界转悠的时光一去不复返了。

---

① 艾格沙特是波尔特温葡萄酒类中的一类烈性白葡萄酒，产于亚美尼亚的艾奇米拉泽和沙乌米亚地区。这里指亚瑟感觉除了艾格沙特酒，其他的波尔特温酒简直就是饮料。

现在当他得知村里人的偷盗行为，不知为什么倒有些怜惜那辆自行车了。他想起了自己童年时曾经把一辆自行车骑得轴承散架；还有一次在位于斯霍德尼亚的乡间别墅，就是父亲死后母亲卖掉的那座，他拼命地蹬车，没有把好龙头，竟然从桥上翻进了河里。

桥很高，小科斯佳飞出去有五米多远，自行车被摔成了溏心鸡蛋，一团糟。龙头扭成了一个结，你就是专门做都做不出来这个结；链条从齿轮片上脱开，胡乱地缠在旁边；轮子变成了椭圆形，一个轮胎不知去向，整辆车子都需要大修。好在当时双簧管演奏员的身上连一处刮伤都没留下，只是碰伤了膝盖。他那时深信，他是含着金汤匙出生的有福孩子，上帝会一直保佑他的……但这些他对电工却只字未提。

得知邻居家失窃，亚瑟只是笑了笑：他那只毛发蓬乱的、像莱卡狗一样的德国牧羊犬，亚美尼亚人讨论了很久才决定叫它阿拉法特，简称阿拉，成天在他家的房前屋后跑来跑去，看到双簧管演奏员就跳上铁丝网，用牙齿狠命地撕咬铁丝。

心眼儿多多的普季岑决定给小偷设一个陷阱。他喝了一通啤酒之后，就把一个个装满空酒瓶的纸口袋放在门前的台阶上。他是这样设想的：小偷眼红这些东西，刚一伸手，里面的瓶子就叮叮当当地发出响声。普季岑听到，马上就会醒过来，这些小毛贼是逃不开法律的利剑的。普季岑太太没说什么，只是轻声笑笑，但最终还是证明了她的怀疑态度是正确的：瓶子继续不翼而飞，而且悄无声响。

住处与小楼仅一幢房子之隔的农艺师瓦莉娅经常来找普季

岑太太。有一次，普季岑娜咨询她应该在院子里种点什么好，之后她俩就喝起了酒，然后又唱起了歌。现在在普季岑家的阳台上每个周日都举办欢乐的酒宴——大家先是听阿拉·普加乔娃的录音带，然后就自娱自乐一起合唱：

> 我怎能不哭泣，
> 我亲爱的儿子；
> 我怎能不哭泣，
> 我灰色的小鸽子……

哎—嗬—！合唱队在这里换一口气，然后普季岑太太激昂地高唱着副歌加入女声合唱：

> 训练吧，柳布卡；
> 训练吧，老婆子；
> 训练吧，你是我灰色的小鸽子！

送走了客人，普季岑夫妇有时会吵架，声音尖利，满嘴脏话，时不时地还会动手。双簧管演奏员在书房里听得一清二楚。他走到客厅，看着另一个方向。那里散发着烤焦的肥猪肉的气味，传来一阵接一阵用外语说出的不知所云的高叫声和高加索欢乐聚餐的爆笑声。谢天谢地，从九月开始，酒神的狂欢只在周末举行，而双簧管演奏员是喜欢在城里过周末的，这当中还有另一个原因。

3

双簧管演奏员从西班牙演出回来已是十一月中旬。他人晒黑了，但看上去容光焕发，身材也格外挺拔，他给安娜带了一包礼物。之后他就热情高涨地投入荒废已久的莫斯科的各种事情中来，教给每一个学生远超出他们所需要的东西，尽力帮他们弥补失去的一切，这一忙使他们只有每周周五的晚上才能到小楼来一趟。双簧管演奏员发现自己这个郊外的家甚至变得高档起来：烂泥都变硬了，地上的小水洼表面冻上了一层薄薄的冰，走在亚瑟铺的碎石小路上面会发出哗哗的声响。晚秋已很稀少的树叶变得红彤彤、黄灿灿的，小花坛中作为花园边饰的蜡菊还保持着最后的色彩，一片宁静而忧郁的气氛。太阳在远处的松林后面落山了，风从邻家院子里黑黢黢的稀疏树枝间吹过来。村里家家炉火熊熊，空气中弥漫着炊烟和煎洋葱的香味。双簧管演奏员这个性情中人酷爱秋天，感觉自己在秋天里仿佛变得更加年轻。

  他走进自家的单元，感觉一阵阵回家的舒心。在这一个多月的时间里他完全忘记了小楼，忘记了这里的人家。在国外，在欧洲，他总是干劲十足，但这一次演出的档期排得特别满，媒体很好，不像国内的媒体，每到最后一场演出就会推出两篇酸溜溜的评论——音乐家都很好相处，因为出国演出的劳务费比预计的要高出约两倍。双簧管演奏员为此在回国前的那个夜里和大伙一起喝了一顿，就一顿。大家聚在他的豪华间里，他像从小药瓶里喝药似的只抿了几口，管理员倒是喝得兴起，因为鼓鼓囊囊的钱包甜蜜地撑起了他的裤兜，他兴奋地大叫道：

  "科斯佳，你就是大拿！伙计们，你们说，他是不是大拿？"

双簧管演奏员心里很平静,当他在谢列梅捷沃机场的接机人群中看到自己变得更美的妻子时甚至感到了幸福。他刚看到她,就走进了绿色通道,他感到一阵的激动,就像从前,当她每每用拥抱、亲吻甚至是眼泪迎接他的时候,他所感受到的跟那天一样。他的音乐家同伴们后来常常羡慕地说:

"她多爱你呀!"

但这已经是很久以前的事情了。

双簧管演奏员回来之后的几天里,安娜很乖巧,很殷勤,甚至很高兴,这可是他最近一直都看不到的样子。当他们一起来到小楼,来到乡间别墅,安娜一直这样对朋友们说,她马上就在厨房忙活开了,仿佛二人都很渴望平静的家庭生活,要知道在他们二人世界里如此宁静的日子最近的一年里几乎是屈指可数……

双簧管演奏员来到二楼书房,拿起桌上的一本书,又拿起了一本,两本书都折着书页,但都没读完。他在角落里发现了一只睡在暖气管上的小蝴蝶,不知为什么他想到:天使飞来了。双簧管演奏员走近小蝴蝶,仔细地看着它。蝴蝶有一双深栗色带白花纹的美丽翅膀和鲜红的襟翼,就像盛开的花瓣。双簧管演奏员对昆虫学一无所知,他并不知道,这种蝴蝶叫灯蛾,他决定不去惊扰它的美梦。此刻他感到很高兴,因为在这里他不是孤独一人。然后他仔细地看了写字台,想不到竟然惊喜地找到了一份满纸涂抹勾画的乐谱,这是他曾经徒劳创作的果实。突然他感到,现在、马上就不会徒劳了:他强忍着立刻坐到琴凳上的冲动。不,工作需要清醒、冷静的头脑,而不是冲动和兴奋。所谓的灵感充其量只是自我吹嘘,是门外汉和新手的命运。周一的早晨,当阿纽塔①回城后,他一个人静静地才会开始……

他们在客厅里吃了晚饭,安娜喝了点西班牙葡萄酒,他只喝了两小盅汤前柠檬伏特加。她两腮泛起了红晕,不停地说着自己的工作、公司里的职场阴谋、奖金,他本来想跟她讲讲他所看到的西班牙人对塞维利亚城的野蛮改建,但她根本不听。双簧管演奏员一边听一边偷偷地看两眼电视,但很快他们没看完那期白痴的电视娱乐节目就关掉了。其实他有时也看这种胡闹的破烂节目,喜欢比选手答题更快。按照妻子的概念,就是感觉自己比别人聪明。之后他们进了卧室。很久以来,安娜第一次又像从前那样叫他我的猫咪了,并枕着他的肩膀进入了梦乡。

4

礼拜六他一早就醒了,看到冬天已经来临。早晨还阳光灿烂,不到11点就刮起了冷风。风悄无声息地吹动着花园里光秃秃的树枝,树枝簌簌抖动,一片片沉重低垂的云从北方的天空飘散过来,之后就干脆下起了雪。双簧管演奏员看着卧室的窗外:大片大片湿漉漉的雪花在纷飞,已看不到近前的马路。他走下楼——安娜正在厨房煮咖啡。他的注意力突然被从院子里传来的奇怪的啪啪声吸引:枪声不像枪声,敲击声不像敲击

---

① 阿纽塔是安娜的小名。

声——好像是有人在用苍蝇拍练习打苍蝇的声音。双簧管演奏员穿着家居服和拖鞋，来到屋前的台阶上。亚瑟脚蹬靴子，身穿牛仔服、高领毛衣，头戴棒球帽，正举枪瞄准邻家的篱笆。只见他扣动扳机，哎呀，真见鬼！又打偏了。这个母狗！他恶狠狠地从牙缝里挤出几句脏话，看看周围没有邻居，就继续瞄准起来。

"你好啊，亚瑟！"

"你好！"那位回应着，头也没回又打了一枪。

"你这是在干什么？"不明就里的双簧管演奏员好奇地问道。他怀疑，邻居在忙于自家各种事情的同时，也许根本就没发现他一个多月不在小楼里。

"哦，是这样的，我想毙了那只该死的母猫。"亚瑟一边瞄准，一边阴郁地回答。

"为什么？"双簧管演奏员傻傻地问道。

"我妈把它给喂熟了，但这只死猫总是在脏水坑那里瞎转悠，还逮老鼠……可是这里有孩子。"

"是的。"突然传来了普季岑警官的声音。他站在自家的台阶上，上穿一件背心，下穿运动裤，身子伏在栏杆上，伸手不停地去抓雪花，再把它们舔进嘴里。他不时地抻一抻身体，那张脸因醉酒而有些浮肿。他对亚瑟的射猎表现出了浓厚的兴趣，一脸羡慕地看着，也许，他一点儿也不反对自己立刻加入其中。但哪有军人用制式武器射猫的？他不好意思跟亚瑟要枪，就说：

"亚瑟，除非是小口径步枪，否则你打不到它。"

"要想打准就得……"他凶狠地说,又扣动了扳机。

院子里看不见那只猫,它应该是在篱笆下面的什么地方躲起来了。双簧管演奏员记得那只猫,它也到他家来过。一身雪白松软的毛,它栖身的隔壁人家的老太太叫它杜霞。他突然不当不正地想起了芭蕾舞《睡美人》中老猫和小猫的片段,于是他就在双簧管上吹起了喵喵的猫叫声。

"亚瑟,我给你带了礼物,是西班牙红酒。"

"我不喝红酒,"他漫不经心地回答,"我最喜欢的是伏特加。让女人们去喝吧。"

这瓶红酒品质相当好,是昂贵的西班牙 Rioha。双簧管演奏员想,既然这样,那就他自己和妻子安娜把它喝掉吧,安娜格外喜欢红酒。

"给你来一壶威士忌。"他转向警官说道。

"太好了!"警官龇牙笑了笑,搓了搓手,说,"不会也是从西班牙带回来的吧?"

"当然。"双簧管演奏员眼睛都没眨巴一下地回答。他想:把从西班牙带回来的苏格兰威士忌给这个傻瓜,他这是造的什么孽呀?在谢列梅捷沃机场的免税店他买过一小塑料瓶伏特加来着……

吃完早饭,双簧管演奏员说:

"不,他是季格兰洛维奇,他应该朝猫们射击!他是个野人,当然……"

"你太傲慢了。"安娜打断他的话。

"我,傲慢?"双簧管演奏员吃惊地问道。

"当然，你一直想努力做到公正，论功行赏，不说邻居的坏话，但这还不是民主，这是教养。"

双簧管演奏员很是吃惊：他从来没听安娜有过如此不乏准确的论断，他一直自认为很民主，但却高人一等。他全部的民主都与掩饰得并不好的居高临下搅在一起，在这一点上安娜看得很准。

"正因如此他们才不喜欢你！"

"谁，他们是谁？"

"是的，是所有人。"安娜恨恨地说。

双簧管演奏员感到很吃惊：昨天安娜对他还那么温柔，今天就一脸愠色，故意来刺激他。也许这正意味着大家都对他很殷勤。但这时他想起了多尔玛尼昂老太太，想起了那把铁锹的糗事，还有亚瑟对他的礼物并不礼貌的回应，他突然感到一阵难过。是啊，在这里根本谈不上爱，很显然，邻居们不喜欢他，不喜欢……回家的快乐即刻转为忧郁，天这时已经蒙蒙亮了。

夫妇俩的这一天过得很沉闷：安娜熬了一大木桶汤，双簧管演奏员暗自猜想，她这是想让他在郊外一连待五天，一直到周四的意思啊。但是安娜这种做事的风格激怒了他：他把三天的汤都毫不吝惜地偷偷倒掉了。安娜还给丈夫焖了很大一锅子肉，双簧管演奏员甚至感觉这就是迫不及待要摆脱他的意思，因为安娜做得很快，很敷衍，一点也不好吃……当安娜在厨房对食材发起炖煮攻势的时候，他全程赖在客厅的沙发里，在开着的电视机前半闭着眼睛读报纸。重逢的快乐已荡然无存。

"你死盯着那个破盒子干什么?"安娜气呼呼地说。

"我在看这档介绍仙人掌的节目。它们有三百年的寿命,能长到一吨重,而且一辈子长在一个地方,半年储水,半年喝水……"

"你也想当仙人掌是怎么的?"

"没谁这样建议我。"

吃过午饭,两人沉闷地玩着牌,玩转让傻瓜的游戏,只能用黑桃压黑桃,两人都感觉无话可说。

终于安娜开口说:

"爸爸这几天不舒服,得送他去医院。我今天就回去了。"

"回去吧。"丈夫漫不经心地回应道。他还是头一次听说老丈人生病了。他知道,他那位老丈人是喜欢时不时预防性地去医院住住的——在那里,身边没了精明的老太婆在旁边指指点点,他可以跟其他的将军们打打牌,喝喝小酒。双簧管演奏员吃掉了妻子的黑桃J。

安娜甩掉手里的牌,说:"我走了。"她重复道:"我得趁天还没黑开过沃洛卡拉姆卡公路。"

"是的,是的,当然喽……"

他有一瓶一升装的威士忌,这时他已经开始盘算,他如何坐在书房,腿上盖上花格毛毯,然后打开阿·法朗士的书,在新录制的海顿的音乐中慢慢品着琥珀色的液体——他带回了几张碟片,他已经迫不及待地想去听了,但这只能是在无人打搅的时刻。

5

喝掉差不多三分之一的时候,他停掉了音乐——不知怎的他感觉演奏得不好,也许,是他太累了。这时他突然看到了法朗士的书中有一段关于男人与前女友友谊的论述:"如此关系是好色之徒最后的避难所:性别在某种程度上不仅固有于肉体,也固有于心灵。"随着年龄的增长,双簧管演奏员的确学会了与女人交往,所以他的女性朋友比男性朋友和女友要多。

他感到有些头晕,就把书放到旁边。突然他意识到,好像忘记了今天是什么日子。他知道,他没人可问。如果就这样冒失地去敲宇航员的门,问他今天是几号,礼拜几,邻居们非觉得他疯了不可;如果打电话给朋友,大家也会想,他一定是喝糊涂了,而且很快就会传得满世界都知道。能打电话问一句的只剩老板了,他几乎没有朋友……怎么办呢,他从西方回国之后总是要过五天左右就开始感到特别孤独,这是与亲爱的祖国重逢的忧伤。他给自己的头儿打了一个电话,结果那位喝得烂醉,舌头都不听使唤了;他又给自己在音乐学院的老同学打电话,那位不在家。接电话的人说,那位要十二月份才会回来,大概是走穴去了。给以前的女友打了一圈,结果都没打通。他甚至还给一位女士打了一个,在电话里他告诉她,他与她只有一面之缘。她是电视台一档节目的评论员,曾经邀请他去参加自己的节目。只有她拿起了电话,您一切都好吧这个问候的回答是*很孤独*,不带任何言外之意地描述了自己寂寞的夜晚。

于是他小心翼翼地问：

"今天是礼拜六吗？"

"您要是愿意的话，我去您那儿，可以吗？"她问道。

这真是意想不到，他喉头哽了一下，说：

"哦，当然！"

他非常详细地向她讲解了来路上的每一个拐弯，她说：我一个半小时后到。还问：要带点什么吗？噢，上帝保佑，您一路顺利就好！我这儿什么都有。您过来吧，我会在最后一个竖着去克洛波沃路牌的拐弯处等您……好吧，要不您带点水果来吧……

天啊，这么迷人的女人在这寒冷漆黑的夜晚要孤身一人沿着公路到副业村来……放下电话，他立刻就开车出门了——开了大约两公里。他把车停在公路的拐弯处，为了暖和些他没有熄火，把收音机开到"莫斯科回声"电台的频道。他等了很久，稍微暖和一些就打起了瞌睡。她用手里的车钥匙敲了敲窗玻璃，叫醒了他。

他们停好车子，拿出了装满水果的口袋，叶莲娜——是这个熟悉的陌生女郎的名字——在自己的小包里翻找着什么，她刚一出现就被隔壁的老太婆和普季岑太太瞄上了。周六大家都在家里，一个站在台阶上，另一个在阳台上。在这些观察点上，村里人都在干什么可以一目了然。

他们在客厅里落座。双簧管演奏员不知从哪儿翻出一只不错的花瓶，还洗好了水果，把它们都放在餐桌上。他建议女士喝 Rioha 红酒，自己则倒了威士忌。他重新审视着面前的她：在家的环境里，在半明半暗的灯光中，她显得那么令人着迷——美丽的嘴唇和眼睛、雪白的牙齿、迷人的微笑、蓬松的头发，还有纤细修长的小腿。她身材娇小，所以看上去年轻，虽然她很可能是他的同龄人。她举止自然、大方、可爱又文质彬彬。双簧管演奏员暗自思忖，也许，她经常去西方国家，像她这样的俄国女人真是尤物。面对他的各种询问，她仿佛是有备而来，她告诉他：她结过两次婚，第二次嫁的是……的儿子。随即她说出了闻名世界的俄罗斯指挥家的名字。哦，这就是西方风度的来源，双簧管演奏员这样想，她的姓也是这样来的。她和第一任丈夫有一个女儿，马上就要从音乐学院音乐理论系毕业了，但她害怕女儿也会成为记者，因为——噢，太可怕了！一天到晚不停地写啊，写啊，弯腰弓背地离不开电脑……

然后她也问了他的情况：我知道一些您的情况，但都很表面……于是他就打开了话匣子。他先是大赞自己的乐器，说双簧管从来都不失音准，因此乐队都要根据它来定调。如果音乐会开场前双簧管演奏员在舞台上定了高音6的调子，那其他演奏员都得跟着调整……

"文艺复兴之后的情况一切都很清楚，但特别奇怪的是，在我们的音乐家中只有柴可夫斯基给予了双簧管应有的地位。像穆索尔斯基①、斯特拉文斯基②，我喜爱他们到无以复加的程度，但可以说，只有柴可夫斯基一直想着双簧管……在

---

① 莫·彼·穆索尔斯基（1839—1881），俄国作曲家。主要作品有管弦乐《荒山之夜》、歌剧《鲍里斯·戈东诺夫》以及钢琴组曲《展览会之画》等。

② 伊·费·斯特拉文斯基（1882—1971），美籍俄国作曲家、指挥家、钢琴家。主要作品有舞剧《彼得鲁什卡》《春之祭》，歌剧《俄狄浦斯王》等。

《奥涅金》①读信的一场就是从双簧管部开始的,您还记得吗?"他哼唱了起来,"柴可夫斯基几乎所有的交响乐,《冬日之梦》……《天鹅湖》中的爱情主题都是……"

她听着,脸上带着奇怪的丝丝笑意,仿佛他让她想起了什么人,也许是她从前的恋人,有时她会出于礼貌插一句"我不知道"。当然,她知道,生活在那样一个音乐之家她什么都知道,这种想法在科斯佳的脑海里一闪而过。她请他吹点什么,他拿出双簧管,吹起了维瓦尔第②的《C大调协奏曲》,声音宁静、哀婉。这时突然传来了剧烈的敲门声。

"天哪,这是把谁招来了?没准又是那帮邻居。"双簧管演奏员一边自言自语,一边走过去开门。

是妻子被招来了。后来才弄清楚,原来是普季岑太太发出的SOS信号:她刚刚看到双簧管演奏员和叶莲娜一起走进来,就给安娜打了电话……安娜撞开丈夫,跑进客厅,像一个摆摊卖货的人那样大嚷了起来:

"快点,臭婊子,拿好你的东西赶紧滚蛋!不要再让我闻到你的狐臊气!我数到三。"她甚至朝叶莲娜挥了挥手里的包。

双簧管演奏员吓出了一身冷汗,惊恐地遮住了眼睛。他不愿意弄明白,这个恶毒、粗鲁的怪物竟然是一个女人,一个与他同床共枕15年的女人,他的合法妻子。

叶莲娜站起身,平静地说:

---

① 1879年柴可夫斯基根据普希金的同名长篇诗体小说《叶甫盖尼·奥涅金》创作而成的歌剧。
② 安·卢·维瓦尔第(1678—1741),意大利作曲家,小提琴演奏家。主要作品有小提琴协奏曲《四季》。

"您不想打个招呼吗？我叫叶莲娜。"

"啊呸！你爱叫啥叫啥！"安娜吼道，嘴角冒着白沫，一副要扑上去厮打的架势。

叶莲娜平静地绕过安娜，在过道里拿起自己的包，从衣架上取下风衣，把一只手放在双簧管演奏员的胸前。他能感觉到，叶莲娜轻轻地晃了一下：

"别激动！不用送我。上床了就给我打个电话……"

就此双簧管演奏员和妻子的分居就开始了，非常不幸，拖了很久。叶莲娜就这样出现在他的生活中。

第六章

1

　　按照计划,他周四才回到莫斯科,但他却进不去家门,因为安娜把门锁换了。双簧管演奏员火冒三丈,他的手机在家里充电,结果忘记带出来。没办法,只好求助邻居——给妻子打个电话。邻居是个温和的上了年纪的知识分子,但知识分子气质并不影响她的好奇心——她竟在隔壁的房间里偷听。双簧管演奏员的话简短而有分寸,他说:你锁上了门,可是我要换衣服去学校,你得回来一趟,等等,又说了一通甜腻的好话,安娜才答应见面,但说她有很多工作,不好意思,还是他自己来拿吧。原来的锁转不动了——她很可能是在撒谎——所以只好换一把新的,但她没有备用钥匙……她很显然已经冷静下来,退后了一步。

　　他们在咖啡馆见了面,面对面坐着。双簧管演奏员有些困惑地看着她,就像看着一幅永远挂在眼前的熟悉的油画。也许哪一天你突然走到画的近前,就会发现很多裂纹,角落也画得不好,上面的画框也已经翘起……

安娜说：

"怎么，你这又是从哪儿挖出一个新的娘们儿来听你的胡诌？你倒是找个年轻的呀……不过话说回来，年轻的可不会看着你的嘴巴行事，她为什么要发呆再假装赞叹……"

"你说什么？"双簧管演奏员漫不经心地反问。

安娜还是用她习以为常的对丈夫说话的口气说着什么，双簧管演奏员突然想到，今天应该给叶莲娜打个电话，一会儿他到家了马上就打。想到这里，他开始烦躁起来，其实他是应该为自己的行为……向妻子……道歉的……

"你等着，看我不甩了你才怪呢。"安娜说。

双簧管演奏员始终没理解时间在流逝，人在不断地变化。他不再像从前那样被爱，他感到有些吃惊。他甚至没弄明白她在说什么。当他思考的时候总有一个念头划过，也许这并不是一个很糟糕的结局。

"为什么？"他机械地问道。

"你招的！"回答言简意赅。

说这话时安娜的嘴撇着，一副混迹街头的坏女孩的口气。双簧管演奏员又是一惊，他的妻子竟如此庸俗。他急忙抓起台子上的钥匙，扔下咖啡钱，甚至没吻一下安娜的脸颊，就慌忙小跑着冲向出口。他叫了辆出租车，向家的方向开去。一进门，他就冲向电话机，一边跑一边掏出电话簿。拨了号，但对方占线。

他在家里不停地踱着步，像个客人似的东张西望。让双簧管演奏员吃惊的是，在这个家里他的东西已所剩无几。祖传的衣橱——还是生活在庄园里的曾祖母用过传下来的,橱上镶着一顶王冠,橱门是用卡累利阿的白桦木①制成的;书房里的成套家具还是上世纪初爷爷专门定做的;带有那些男女画家朋友赠送签名的绘画、书籍等等还在这里。当然,还有他买的各式各样的烛台,从巴黎蒙马特高地的阿拉伯铺子里买来的窗帘,微波炉——这些就让它们留在这里吧,他只需拿走原来他自己多罗戈米洛夫大街公寓里的东西就好了,这就是所谓的"恢复边界原状"②,这些东西一辆"嘎斯"车就能装得下……

他又给叶莲娜打了一个电话。如果她不在,下了课他就独自一人回到自己那套孤独的小楼里去,这一次就见不到她了。那样,那样的话他就只租"嘎斯"车周五一晚上就够了,因为他还得返回莫斯科,周五白天在城里还有事。他就在那儿有一搭没一搭、牛头不对马嘴地想着,其实他心里清楚,他不会租车的……

他再一次拨了她的电话,这一次她马上就拿起了听筒,仿佛一直在等这个电话似的。双簧管演奏员拿着话筒,开始懒洋洋地说着道歉的话,她打断了他,但关于那天和安娜尴尬的一幕却只字未提。他邀请她共进晚餐,她一口答应。双簧管演奏员在家里洗了澡,换了身衣服。他穿了件效果最好的瘦身西装,配了一件亮色的敞领衬衫——就像一个探戈舞演员似的。课后他去银行取了1000美金,兑换了500,买了九朵黄色的

---

① 卡累利阿,地名,位于俄罗斯联邦的西北部,西靠芬兰,东北接白海。卡累利阿的白桦木以木纹美丽、木质坚硬且不脆著称,适合制作高档家具。

② "恢复边界原状"是一个国际法概念,指恢复发生战争或某时间前的边境状态,泛指恢复原状。

茶香玫瑰，然后就在"布拉格"大饭店①的大堂里等她。他父亲也很喜欢这个饭店：他是个游手好闲的人，就像法国人说的那样，他的命相属风。

2

她又在听双簧管演奏员说话了，微微地低着头，微笑着。而他则感受到一种令他内心安静的享受。她听着，不像很多聪明的女士那样，记住你说的一切，并随时准备插入自己的东西；她像一个只知道接纳的女人。这个50岁的男人仿佛是与她一起成长，他说得声音越来越小，主题也越来越严肃。不知怎的他竟然说到了"俄罗斯与西方"这个话题上来，他还给她讲了自己的一个梦。他在地铁车厢里，所有的站名都是用英文写的。当他试图去看站名的时候，他发现，写的竟全都是欧洲的城市名，在城市的下面是国家名。他突然意识到，这列奇怪的地铁将把乘客带到不同的机场，去乘坐不同的航班……他醒了过来，强烈地期待着——我要出国，您有过这种情况吗？

"真有意思，您梦见自己在地铁里……在地下……我们这一代永远是惊恐不安的一代，因为我们知道什么是监狱……我30多岁了才第一次跨出国门。之前我一直在想，我可能永远都走不出去了……我是个犹太人。"

他握了下她的手，给她倒了些香槟。他又给她讲了出国演

---

① "布拉格"大饭店位于莫斯科阿尔巴特大街2号，从19世纪末起就是莫斯科的高档饭店，是奢华生活的象征。

出的一些事情。一次音乐会结束后，他和乐队里的黑管演奏员一起去了音乐酒吧。女老板瓦莉娅是个罗马尼亚人。当他们要了十杯龙舌兰酒，收掉了之后又要了十杯的时候，她问：俄国人？看到他们手里的乐器，便用很蹩脚的英语说：一会儿胡安会来。他来了。这是个比伊格莱希亚斯①还要清爽帅气的小伙子，一头蓝黑色的印第安长发。后来我们问清楚，他是委内瑞拉人。不大的舞台边上放着不同的乐器：各种管乐器、两把吉他和乱七八糟放着的沙锤……他开始演奏了，噢，太棒了。他不断地变换着乐器，但音乐却仿佛一直持续，从未中断。几个大屁股的混血姑娘在台上跳着舞，像在狂欢节上一般，舞姿令人惊叹。这时瓦莉娅对着他耳语了几句，说胡安做了一个动作，让俄国人过去。于是他们开始了三重奏。我还从来没这样表演过，科斯佳说。黎明时分，他们一起来到胡安的住处，把酒吧里剩下的龙舌兰酒统统带了过去。夜店的一些客人也跟了过来，于是狂欢继续……如果你是个正派的小伙子，就像你或者我，那大家会欢迎你，理解你，我们可以一起喝酒，什么都可以给你，但你要是讨厌的公山羊②……

　　她笑了起来，他看了她一眼就没再说下去，他突然感到再说下去会有些不太合适。她看他的目光有些黯淡，但却很专注。双簧管演奏员感觉到，他好像已经映在了她的脑海里，而且那个形象比真实的他更好：更细腻，更深刻。显然，从这个角度来看，她在他的面前竖起了一面镜子，他变得越来越真

---

①　这里指的是西班牙著名歌手胡里奥·伊格莱希亚斯。
②　"讨厌的公山羊"意指同性恋者。

实……

酒吧里乐队的乐手们在调弦,歌手走到麦克风前,说:应今天的贵客的请求,把最美好的祝愿送给大家……音乐响起,是《幸福》(Filicita)①,一首真正的布拉格歌曲,您懂的。

"可是我们的很多大师,著名的,"双簧管演奏员忧心忡忡地说,"其实根本就不是什么音乐家,匠人而已。音乐会一结束,他们就收起乐器,先喝一杯伏特加,然后去账台领劳务费。他们和胡安相比,简直有云泥之别……"

"但大部分人都是这样过活的,甚至画家、作家也是如此,就更不用说我们记者了,毫无激情……"

"是的,是的,没有新的思想,听不到内心的召唤……音乐家不应该这样活着,即使你是公认的大师也不应该……还有,你不知道,大部分人不注重自身的提高已到了什么程度:他们不读书,甚至什么也不听……要知道不学无术之人是不应该搞艺术的……他们演奏时也无动于衷。真正的演奏应该是,应该是仿佛你即刻就会死去……哦,对不起!"

她把手放在他的手上。

隔壁正在办婚宴的宴会大厅里传来了年轻男女的嘈杂声。小伙子们穿着深色笔挺的西装,但喝得摇摇晃晃;姑娘们喝饱了汽水,嗝声连连。穿着冷烟熏制的鲟鱼色缎子婚纱的新娘子也晃晃悠悠的,带密密麻麻白色波点图案的头纱披在她的身后,嘴唇上涂着厚厚的丁香色唇膏;和她在一起的

---

① 这是一首著名的意大利二重唱歌曲,1982 年问世。

新郎官勉强站着，在这隆重的时刻他反而表情呆滞。整个婚礼现场大家跳舞旋转，而那些上了年纪的亲戚一个个都穿得特别鲜艳，很扎眼。

双簧管演奏员想起来，妻子曾对他说过，她女儿、他的继女热尼亚就快要出嫁了——老天，前不久他还把她放在腿上玩呢，可是现在他们和她的未婚夫都算计了些什么啊：婚礼外加蜜月旅行，7000美金应该够了。这笔钱没凑够的时候，他俩可以先同居……为什么非得是7000呢，双簧管演奏员想，既然已经有了订婚戒指，那这个数目里包不包括在教堂举行仪式的费用呢……他懒洋洋地在想这些事，也没注意到一个一脚高一脚低、摇摇晃晃的小伙子怎么突然就出现在他俩的桌子边上。科斯佳推开自己的椅子，站起身来一把抓住了那个脚底不稳的家伙，但桌子还是剧烈地晃了一下，杯子翻倒，泡沫洒在了叶莲娜的裙子上……

当一切都恢复了，服务员换了干净的台布，胡闹的客人被拉走了，杯子里重新倒上了香槟。双簧管演奏员看到叶莲娜微笑着，她的眼睛炯炯有神。她端起酒杯，一饮而尽。

"我喜欢这个小酒馆，"她说，"俄罗斯小酒馆。"

双簧管演奏员有些委屈，这可是"布拉格"大酒店啊；不过，她是对的，曾经奢华的"布拉格"如今也变成小酒馆了。

"西方也很龌龊，"他说，语气中那种爱国主义连他自己都没想到，"我记得，在斯德哥尔摩，为了让我体验异国情调，我被带到了一家夜店，准确地说，这是一家朋克俱乐部。乐手们演奏着重金属摇滚，客人们吃着没煮熟的土豆和没洗过的生蘑菇，到处散发着说不清的恶心气味……"

"您知道吗，"她说，"西方的龌龊，就像现在人们常说的那样，永远是其文化的一部分，甚至是西方的没落；而俄罗斯的龌龊……怎么说呢……"

"是内在的。"他提示道。这时他想，犹太人永远是不屈不挠的，就像人们经常说的，世界上没有什么比聪明的犹太人更危险的了。他看着女友的微笑，对自己的想法感到惭愧。

"在这里，龌龊仿佛是很自然地从俄罗斯生活的机体中分离出来的，"她继续说，"像……像汗水流出汗毛孔……"她边说边给自己又倒了点香槟。

双簧管演奏员想起了副业村里的臭水坑，他不知道是否值得大声说出他心里所想的：这件事他还从未和任何人谈起。对于他的祖国和欧洲相比不可逾越的落后，他不认为是个人的悲剧。他是个音乐家，他很清楚，他的辉煌是俄罗斯的辉煌，正是音乐给祖国带来了威望。话说回来，关于威望应该思考的是文化部的人。他们应该知道，就是在这里，在这个熊的国度里，在欧洲村的外面，音乐始终在鸣响，这就是全部，这些就足够了。除此之外他还知道，外省的生活有其自己的美好：简单的金钱关系，对友谊感伤的理解，期望职场关系是朋友关系，为了让领导喜欢很厚道地理解上司的愿望，最后就是女人的信任和顺从。突然他为自己的祖国感到难以忍受的耻辱，首先就是因为这种难以摆脱的幼稚病——得这种疾病是很容易的。幼稚病并不永远能引发孩子的微笑，它还有相反的结果，就是随处可见的少年暴力、损人不利己地危害别人，就是所谓的流氓行为。

当然，这个祖国也有不少的成年人，但他们只是一小撮，是另类的勋章，是"岩浆海"中的孤岛①。内心的平静只有在想到到处都能看到这种愚蠢行为之时才会出现：这种虚幻的平静就像不忠的丈夫想到反正大家都是这么过活的一样。

"唉，"叶莲娜轻轻地拍了拍他的手，"你一点儿也没喝呀，亲爱的。"

他看了看她，知道她已经醉了……他们还没等到热菜上来就付了酒钱，来到了新阿尔巴特大街上。叶莲娜勉强支撑着，整个人几乎挂在双簧管演奏员肩上。她不停地重复着相同的话，露出雪白的牙齿，笑着说：*求你别抛弃我……*

他们的车快开到她位于索科尔区的家时，叶莲娜把地址告诉了司机，然后她就靠着双簧管演奏员的肩睡了。当车子停下来的时候，她醒了过来。一开始那把木制的长钥匙怎么也插不进密码锁的孔，然后又把家门钥匙掉在了电梯里，之后就在家门口不停地在包里翻来翻去。最后她怎么也打不开门锁，只好按门铃：*萨舒塔，是我们……*

门里面一只狗叫了起来——听上去是个小型犬。*这是我的狗狗*，叶莲娜说，*今天好像没遛*。他们等了很久，突然门开了，一个身材高挑但表情阴郁的女孩站在门口，她一点儿也不像妈妈。她看着他们——看着叶莲娜和双簧管演奏员，然后一声不吭地转身沿着走廊走进去，还绊倒了脚下的哈巴狗。双簧管演奏员很看不惯这些。*哎，萨舒塔，你来认识一下呀！*母

---

① 源于安德烈·普拉东诺夫的小说《岩浆海》。

亲在女儿的背后喊道。而姑娘砰的一声关上了自己的房门。她是个善良的好孩子，叶莲娜的舌头像打了结似的嘟囔着，随手把贵重的大衣扔在地板上。

她的房间像是客厅和卧室的混合体，墙上挂着不错的画作，但却没有顶灯。叶莲娜脱掉外套，只穿着件衬衫——衬衫下没有胸罩，她转身向双簧管演奏员走来，醉意十足地怪笑着，但双眼却没有一丝笑意。她使劲搂住他的脖子，把他的头按向自己的胸脯。

3

这段罗曼蒂克的经历与此前任何一次都不同：这十几年来每一段新的关系对于双簧管演奏员来说都是——似曾相识（Déjà Vu），但叶莲娜却与众不同，非常少见。

她身上的味道很是特别。在她兴奋的时候身上竟没有任何源于机体深处本能的味道，没有泛滥的荷尔蒙的味道，她身上散发出的是一种类似滑冰场的味道。双簧管演奏员嗅着她的头发时，不知为什么总想起一种荷兰可可粉罐头的气味。罐头的外包装上印有一幅画，画的是一个封冻的池塘，淡蓝色的背景上有几个鲜艳的身影和银色冰刀在冰面上留下的道道划痕。用他童年时看过的书里的话说就是，她全身散发出的气味仿佛严寒中晒干了的衣服的味道。

她女儿毫不掩饰对双簧管演奏员的反感，所以他不喜欢在她家过夜。也许，他的气息对于一个姑娘来说是那么难以忍受，就如同她母亲的芬芳对于他是那么充满诱惑一样。他天真地试图去讨好姑娘，经常给她带些水果和柏林饼干——萨舒塔坐在电脑前，一晚上就能吃掉一盒。但姑娘总是从牙缝里挤出一句*谢谢*就拿上饼干，把自己关在房间里不出来了。只是偶尔当他们在叶莲娜的房间而把手机忘在厨房里的时候，女儿会满是厌恶的情绪，像十四五岁的女生惯常做的那样，拖着长长的鼻音，朝屋里大喊：妈——妈，拿走你的手机……还有一点就是，叶莲娜房间的门上镶的虽然是毛玻璃，但总归是半透明的，而且门还关不紧，而叶莲娜做爱的时候总喜欢大声呻吟。

在小楼里他们也感觉不到安全——当安娜乐意的时候，她会冷不防回来一趟，说，现在我们还是丈夫和妻子，我们的一切都是共有的。双簧管演奏员和叶莲娜尽管相爱，但只好像中学生一样偷偷摸摸。每次叶莲娜来找他，就把车子停在大路的拐弯处，然后为了不进入普季岑太太、老太太的视野，他们总是在松树的阴影下沿着林子的边缘走到小楼前，然后迅速溜进去。但那些女人却不知用什么方法总是能够知道，他那里又有女人来了。双簧管演奏员也曾试图去讨好众位邻居，常常用从吉洪爷爷那儿买来的大木锹将从大门到小楼前路上的积雪清理干净，但好像没人发现他的功劳。

双簧管演奏员白天常常在他们第一次见面的地方等她，就是从大路拐向他们房子的那个拐弯处，然后他坐进司机的位置，开车把女友带到修道院。那里有一座沙皇阿列克谢·米哈伊洛维奇①时代建的教堂，又矮又闷，他一般都会进去做一个

---

① 阿列克谢·米哈伊洛维奇（1629—1676），俄国罗曼诺夫王朝的第二任沙皇。

简短的祷告。叶莲娜由于没有受洗,所以就留在修道院的院子里,不停地跺着脚,然后她会因为等待而得到一份奖励——一个格热利小瓷瓶①或者教堂小卖部买来的一个杯子,像很多她那一代的女性知识分子一样,她热衷于收藏格热利瓷器,为此她还常常感到不好意思。然后他俩一起去城里的一家阿塞拜疆小餐厅去吃永远都烤得鲜嫩多汁的羊肉串。吃完饭就把车子拐到附近一家萧条的疗养院旁一座废弃的公园里,停在一条荒芜的林荫道上,开始在车里做爱。这些不便不仅没有让他们感到难为情,恰恰相反,他们感觉自己变得更加年轻,像年轻恋人那样嬉闹,笑啊,朝对方的身上扔雪球,不停地说啊,说啊。

有时双簧管演奏员会想,只有年轻、只有青春的美好才能在他这把年纪的人内心唤起如此的爱恋、如此的相互吸引和款款柔情。但他和年轻女友在一起的时候却总是感到异常无聊,而姑娘们也无心听他口若悬河地夸夸其谈。在这一点上安娜说得很对:她们还没学会倾听。所以他更倾向于成熟的女性。

所有的心理分析师大概都会说,他这是母爱缺失症。如果医生们知道了他的既往病史,也许会说得更肯定:母亲像猫一般爱着父亲,所以她不管孩子,而且感觉孩子是个累赘。父亲死的时候,科斯佳二十岁。他和母亲之间形成了一种不含敌意但疏远的关系,他们住在同一屋檐下,但却能想方设法几个星期不碰面,如果不算在厨房里擦肩而过的话……

但叶莲娜这样柔弱温香的可人女子无论如何都不能跟双簧管演奏员的母亲相提并论,反倒是双簧管演奏员自己对她始终

---

① 格热利,地名,位于莫斯科郊外,是俄罗斯传统的瓷器生产中心。

怀有一种父亲般的情感。每当她哪怕是小酌微醺，她都会特别无助，对他充满了信任和依赖。这时双簧管演奏员总会看着她，推开她面前的酒瓶，防止她再饮过量。但有时他自己也会喝多，会把白葡萄酒忘在餐桌上。天刚蒙蒙亮，叶莲娜就会走下楼，不再回卧室。他在渐凉的床上等她，窗帘后面的窗玻璃上是美丽的冰花。他忍不住从被窝里起身，穿着拖鞋和睡衣下楼去看她。他感到地板冰凉，他常常看见叶莲娜蜷缩着身子躺在客厅的沙发里，几乎赤裸，颤抖着，几乎失去知觉，而他的酒瓶里早已被喝得空空如也。他早就对她说过，以她那么娇小的体量，是绝对不能喝烈性饮料的……他除了清晨咖啡里的几滴干白，决不允许自己在每天下午两点以前喝酒，哪怕是喝几小杯——她常常是还在清晨就已经醉死过去。不仅如此，她还服用极大剂量的安眠药物，说否则就无法入睡……

一天，他来到叶莲娜家，从一个口袋里往外掏各种礼物。有给叶莲娜的红酒，给他自己的白葡萄酒，然后他手拿着一盒饼干敲了敲她女儿的房门。叶莲娜出门去遛狗了，萨舒塔站在门口，看着横七竖八放在厨房里的礼物，恶狠狠又绝望地说：

"您怎么回事，难道您看不到妈妈病得很厉害吗？"

当然，两人这次的谈话，准确地说是她女儿一个人的这段话，他没有告诉叶莲娜。但叶莲娜自己发现了恋人眼中的痛苦和忧虑，抑或是她和女儿谈过。女儿对她一直很粗鲁，常常失控地大发脾气，以至于面色苍白，这些都让她不知所措。直到一天晚上她突然伏在他胸前放声大哭起来，不停地说她不爱我，不爱……双簧管演奏员感到从未有过的恐惧，他从未见她这样哭过。

4

一个星期日，好像是十二月二十日，他是在城里过的夜：现在如果第二天有事，他有时就会留宿在叶莲娜家，因为冬天在覆着冰层的湿漉漉的公路上跑来跑去很烦，而且安娜大部分时间也不在家里。她在赫朋公司破产之后歇了一年。这期间丈夫把家里的钱和汽车都给了她，她想起了旧时的老友，并通过他们找到了一份收入还算体面的工作——广告部经理。公司的名字起得相当富有诗意，比赫尔加公司的名字强多了，但也还是鸟名，叫作"信天翁"：公司是合办的，由以前的几个朋友一起开设，专门倒腾西方出产的家用电器。安娜在新的岗位上工作不到一个月的时间，家里就换了新的吸尘器，出现了烘碗机，但最主要的是安娜陡然多出来很多女友，一水儿的阔太太，到处做按摩、蒸桑拿、享受紫外线汗蒸舱、买高档化妆品……不仅如此，安娜大约每三个月要去海边、岛屿上过个七八天。如果她在国内，回家也不会早于 10 点，而且回家就直奔卧室。早晨离开的时候，丈夫还在自己的"狗窝"里昏睡呢。

根据二人间的协议，叶莲娜在休息日从来都不往这里打电话。星期天早晨 11 点突然电话铃响了，好像是故意安排好了似的。前一天晚上安娜刚刚从塞舌尔——要不就是加纳利岛——回来，她拿起了电话。

"找你的。怎么，你又勾搭上新的了？……听声音，也不年轻。你是恋尸狂吗？"

他走过去拿起电话。一个他不熟悉的女声传了出来。

"请问哪位？"

"我是叶莲娜的邻居，她恳请你立刻过来。"

"她没事吧？"他感到浑身发冷，问道。

一阵停顿之后，那声音迟疑地回答：

"不是完全没事……"

"这礼拜天一大早你又要去哪里？"安娜恶狠狠地低声说道。很显然，她很高兴又找到了一个可以大闹一场的正当而充分的借口：她已经十几天没感受到大闹一场带来的宣泄和畅快了。

"我马上得出……是弗拉基克……我们的行政管理员。"双簧管演奏员一边走一边在脑子里面乱七八糟地想着托词，连他自己都感到吃惊，他干吗要这么努力地撒谎。他试图绕过站在门口的安娜。

"你首先要学会撒谎才行！"

他撞了她一下，走到门口的台阶上。她在他背后恶狠狠地大喊："你以为你什么都有——有老婆，有姘头，郊外有别墅，市中心有公寓！你以为你挺会安排呀？你等着，看我让你后悔都来不及！"

她好像在嫉妒我，这个想法在他的脑海里一闪而过，自己都感到怎么会有这种想法。他心里着急，双手颤抖着扬手招了一辆出租车，二十分钟后就到了叶莲娜的家。星期天，路上不堵车。

叶莲娜的女儿给他开了门，默默地把他让了进去。他大衣都没脱，三步并作两步地跨进了房间。叶莲娜双眼紧闭躺在床上，脸陷在枕头里看不清。露出肩膀的左手臂弯处在输液，一个护士坐在床头，在看一本电子书，可能是什么爱情小说吧。

"出了什么事？"双簧管演奏员问站在门口的女儿。

"嗜酒症。"她耸了耸肩，走了。

"你在这儿？"叶莲娜没有睁开眼睛，轻轻地说。

"我在，我在。"他急忙脱下大衣说。

叶莲娜的脸立刻皱了起来，眼角流出了泪水。

"怎么了，怎么了？"双簧管演奏员俯下身轻声说着。

"不要这样，"护士说，目光并没有离开书本，"请坐在旁边。"

"到底怎么回事？"他喊了起来，但人还是离床远了一点。

"酒精中毒外加安眠药服用过量。"

"科斯佳，亲爱的，不要把我交给他们！"叶莲娜大声喊叫着，"他们想把我拉走，他们想把我藏起来……"

她想坐起来一点靠近他，但护士动作敏捷地把她小小的身体推回了枕头。她看了看手表，很娴熟地拔出输液管，在针眼处放了一小块消毒棉，用胶带粘住。

"用右手按住！"她对叶莲娜说。

叶莲娜听话地按住左臂，绝望的双眼一直都没有离开双簧管演奏员。他一会儿看着她瘦削苍白得像是折断了的手臂，一会儿看着她毫无血色的面孔，涌起一股从未有过的温情和令人害怕的怜惜：在自己的一生中，他还从来没为任何人感到如此痛苦——除了在童年时为自己这样难过过。他的心脏——在生理的意义上——变得沉重了，左胸一阵疼痛，像火星般一闪而过。他感觉呼吸困难，一阵强烈的眩晕袭来，身子晃了晃，几乎摔倒……

十五分钟后救护车来了，叶莲娜非常顺从地，准确地说，是非常衰弱地躺在担架上，眼睛紧闭，也许是失去了知觉，工作人员把她抬上了车。当然，双簧管演奏员是不被允许乘救护车的，但医生说：

"您可以给斯克里夫医院急诊部打电话，明天早晨……"

星期一的早晨，他来到医院，一个身穿白大褂、疲惫不堪的年轻医生从楼上下来，走到他面前。

"我们给她输了血和生理盐水，已经没有生命危险了。"

"本来很危险吗？"双簧管演奏员担心地问道。

医生像看傻子一样看了他一眼。

"但还处于昏迷状态。"

"什么……什么时候她能回家？"

医生耸了耸肩。

"她已经被转院了。"

在回答"转到哪个医院"时医生仿佛被激怒了："我不知道，这不该我管。你最好去问她的家人。"

他那训练有素的眼睛一眼就看出，科斯佳不是她的家人，再说他也看过她的病历卡……

双簧管演奏员给叶莲娜的女儿打了个电话，小姑娘在家里，正在准备考试。

"他们连我都不让进，"萨舒塔冷漠地回答着他的询问，"只允许一周一次拿些东西进去……哦不，什么都不需要……也不让往里打电话。"

她连再见也没说一声就挂断了电话。

"就是她，就是这个死孩子把她妈送进了那里！"双簧管演奏员猛然明白了一切，他猜到她去了哪里，不禁打了一个寒战。

第七章

1

这段时间,小楼就像全国——或者说像整个不按野蛮历法,而是按格里高利历法①生活的基督教世界——一样正在等待圣诞节的到来。大雪有时会封埋住小楼的底层,有时又融化,然后再冻起来;大家便只好清扫积雪,或者将台阶上冻结起来的冰敲掉。宇航员早就不再挖地了,甚至他也不知道大冬天能干点什么。阳光灿烂的日子里,可以看到他戴着绒线帽和手套,穿着高领毛衣,坐在自家的阳台上看书;普季岑警官也不往院子里拉石头了;老太婆也不在菜园子里转来转去。小楼的生活沉寂了,隐没了,回到了那四个或多或少都还舒适的单元内部:现在连亚美尼亚人的羊肉串也没人烤了。

一切都安静了下来。

就在这时,发生了一件年前的丑事——准确地说,是一件小丑事:普季岑夫妇家抽屉柜里的1000卢布不翼而飞了。安

---

① 格里高利历法即公历,是公历的标准名称,因由教皇格里高利十三世于1582年颁布而得名。

娜一回到小楼，普季岑太太就来找她。安娜，顺便说一句，感觉叶莲娜消失不见了，就想，大概她老公的这一段罗曼史已经结束。于是在新年不眠夜即将到来之际她软了下来：也许，她清楚地意识到了一个开着豪华汽车的四十多岁的单身女人光鲜亮丽的自由生活背后那寂寞而孤独的一面。她的钻石无处可戴，最重要的家庭节日无人陪伴：大家都和自己的丈夫、未婚夫在一起，跟自己的妻子在一起。在那种场合，她只能和自己的"光棍儿"女友拉丽莎在一起，她是安娜在国家计划委员会工作时认识的朋友。但是每一次后半夜就会有一个早年的老朋友来找她——他的妻子几乎瘫痪。他会来和她喝酒干杯，会为她拍好枕头，掖好被角，会送圣诞老人的巧克力。他总是来拉丽莎这里，而不是和自己的父母一起迎接新年……

　　在调查和追踪方面，普季岑太太比她家的警官还有能耐。她和安娜讨论，谁有可能会觊觎这笔准备用来过年的钱。首先需要回忆一下，在将钱藏在普季岑太太的衣服下面到发现钱丢失的这三天时间里谁到过她家。农艺师瓦莉卡来过，她们在厨房里喝了杯咖啡，每人还喝了一小杯卡戈尔红酒。但瓦莉卡并没有上楼，这是肯定的；周末的时候塔尼卡带着自己的*男朋友*来过，她叫他矬子，因为他比她还矮一头。小伙子长着一张技校学生脸，走起路来像个忙得团团转的水暖工。塔尼卡没有跟他住在一起，她还是个小女孩。以前妈妈一直相信，女儿不过是帮助同班同学戒除毒瘾。可是小伙子现在还吸毒，12岁之前还吸过白粉。最后是警官普季岑，他每天晚上都在卧室里——这就是全部来过的人。普季岑面对妻子严厉的质问，回答说：你，孩子妈，你干什么？干什么？你简直……他说，一定要相信他：他没有需求，他任何时候都不会拿家里的钱，当然自己口袋里的私房钱也不会贡献出来。再说，他有什么理由去动这笔新年的酒钱呢。就只有塔尼卡的 boyfriend 了，普季岑太太一直这样称呼他。而且他在楼下睡觉，塔尼卡在楼上自己的房间里，但是他早晨、白天都去她那里，两人在一起总是窃窃私语。"但他是怎么猜到我藏钱的地方呢？"普季岑太太大惑不解，"他傻乎乎的，就像……像一个钉子帽……"

安娜一下子没明白——这个比喻的确令人感到非常意外，钉子本身是尖利的，而钉子帽是不扎人的、钝的。于是说：

"不会是塔季亚娜拿的吧？"

"你说什么呢！"普季岑太太呆呆地看了安娜一眼，"你是说……"

安娜也是一个成年女孩的母亲，所以她很肯定地回答：

"第一，她肯定是偷偷跟他在一起住了，最大的可能就是为他偷拿去买大麻了。"安娜一副无所不知的样子，继续说，"你知道，现在毒品卷烟多少钱一根！……他可不一定只吸毒啊，什么毒品能满足他这个大块头啊！"

"那还吸什么？"普季岑太太惊恐地问道。

"什么？也许还有海洛因，瘾君子们都叫它海雷奇。"

"这个是不是劲儿更大？"

"劲儿大着呢！简直是神魂颠倒。他们都在迪斯科舞厅用这东西，女孩特别喜欢……"

"但是针管会传染艾滋病的。"普季岑太太恐惧地小声说。

"现在他们也讲科学,都用一次性的。"

普季岑太太看着安娜,但视而不见,她在心里盘算着什么。

"其实她跟我要过钱,就在不久前,说是要和姑娘们去喝咖啡……我当然没给,又不是小数目……唉,这个孩子啊!"普季岑太太本想爆发的,但却慢慢坐了下来。"回头我给她一些药片①吧,哦不,这绝对不行。"她小声说道。

这次谈话催生了普季岑家的一次家庭判决:不许跟任何男朋友、女朋友在一起,不许在女友家过什么新年。新年之后第一时间乖乖去做妇科检查,然后就是去补习老师家,不,得找两个补习老师。塔尼亚的数学一塌糊涂,她还要考绍欣教授的高等经济学院:很多学生都青睐这里。

2

新年将至,小楼又活跃了起来。

就在新年前,三十日这天的白天,化冻了,周围到处在流水。双簧管演奏员那天很晚醒来,他走到阳台上,空气温暖、潮湿,散发着化开来的松树树脂的味道。他在楼下看到了一个似曾相识的人,身材不高,头发有些红褐色。他没戴帽子,穿着一件高领衫,一直在往双簧管演奏员家的地窖里张望。双簧管演奏员想起:这不是哈姆雷特嘛,是亚瑟姐姐的男友,也许,这会儿已经是丈夫了,他在卡连奇克的生日聚会那天来

---

① 这里的药片指的是多在青少年间流行的红红绿绿的毒品药片。

过。他忙跟他打了个招呼。

"到这儿来啊,你干吗总在家里待着!"哈姆雷特以此代替了招呼。也许在他们亚美尼亚人的语言里没有"您"这个词,或者这个"您"是有些见外的称呼。双簧管演奏员下楼走到他身边,哈姆雷特伸出手,两人握了握手。

"怎么样?"没停顿,他接着说,"我在看你的地窖,真不错,有六十平方米吧?"

"正好六十平方米。"双簧管演奏员说。

"你这一个月就吹吹号付你多少钱?2000美金,不会再多了吧?"

"不再多了。"双簧管演奏员既觉得吃惊,又挺开心,因为这次毫无意义的对话将他从最近以及今早醒来时内心惴惴不安的状态当中拉了出来。他端详着眼前这个无心的好人,他的嘴里有几颗金牙,目光也有些游离。双簧管演奏员坐在那儿想,他肯定坐过牢,哈姆雷特的样子就是蹲过大牢的样子。

和亚瑟的其他亲戚不同,哈姆雷特说话几乎不带口音。

"我觉得,这个地方用来养河狸不错。"

"河狸是什么东西?"

"老鼠,一种水里的大老鼠。做一件皮大衣需要大约二十张河狸皮。养河狸很简单:铁笼子从地板一直码到天花板,它们需要最温和的温度,不需要太多光照。它们吃得少,生得多。这里可以放得下……"他翕动着嘴唇,很快地嘟囔了一句,好像是说六十乘以五十,过道有二十平方米……

"这里高度是多少?"

"高度是多少？"双簧管演奏员有些吃惊。

"对，到天花板。有一个人的高度吗？"

"我这么高的可以走来走去，还有富余。"

"就算它两米五……"他的嘴唇又动了起来，"如果三个月下一窝崽的话，那很快就是三百多张皮，那么一百多件皮大衣……如果你卖出去的是生皮的话，那你和安娜三个月就可以从这一个地窖里得到一万五千美金……是啊，不是很多，而且也没啥戏。"哈姆雷特有些不知怎么办，向远处望去。

这时安热拉从亚瑟家走出来，眼睛从涂着厚厚睫毛膏的睫毛下盯着两个男人，扭动着亚美尼亚女人标志性的下垂的屁股，把一个托盘端了过来，上面放着两只葡萄酒杯，里面的伏特加满得快要溢出来了，还有奶酪、蔬菜和拉瓦什薄饼。

"哎，男同胞们，先吃一点，然后请赏脸上桌。"说完转身走了。

"不，这个蘸料不对。"哈姆雷特说完，拿起一杯酒，"来，干！"

他一口喝了进去，双簧管演奏员只喝了一口，说："我的习惯。"

"养鹌鹑好一些。"哈姆雷特一边嚼着奶酪，一边说。"你靠鹌鹑蛋就能发财，任何一个餐厅都会收的。我有一本养殖鹌鹑的书，回头我拿给你……"他想了一想，说，"只是鹌鹑不喜欢潮湿，你的地窖里太潮湿了，得装一台通风机……不，这也不合适……"

哈姆雷特又像演戏似的沉思起来：在双簧管演奏员看来，

他的脸不是亚美尼亚的,而是国际的,两片薄嘴唇上布满了表明坚定意志的深深的细纹。

"最好是种蘑菇。"哈姆雷特终于又开口了,"种口蘑或者帝王菇都行,那得好好算一算。你先好好想一想,等我们再见面,我帮你在纸上好好算一算。"

他转过身,沉思着四处张望,然后不紧不慢地,仿佛是在视察似的走远了。也许,他自己不能主动进屋:他比亚瑟岁数大,按照亚美尼亚的礼节,岁数小的要以尊敬的态度邀请他入席才对。双簧管演奏员以男人的敏感觉察到,哈姆雷特以待字闺中的姐姐不清不楚的男友身份出现在这个家里很是有些尴尬,因为他与前妻没离婚,但他也并不准备和亚瑟的姐姐结婚……这时阿拉法特突然从屋里窜了出来,并凶猛地叫着朝双簧管演奏员这边扑来,好像读懂了他的想法似的,用宽阔的前胸野蛮地猛撞铁丝网。经过一个秋天,这畜生又长大了,膘肥体壮,越来越凶残,甚至对亚瑟的妻子尼娜也低声吠叫,对家里的客人龇牙,只尊重老太婆一个人,因为她喂它,也承认亚瑟是主人。

双簧管演奏员吓了一跳,急忙躲闪开。他和狗对视了一下,阿拉法特龇着牙,发出低吼,它的狗嘴里冒着白沫:就是说,我们是狗,而您是吹双簧管的。——科斯佳在恶狗那双充血的眼睛里读到。

"你干吗,阿拉法特?是因为能用你的皮做东西吗?"双簧管演奏员问,"做一顶帽子,一双软底毛皮靴?可我的皮什么也做不了……"

他走回自己的家,打开了客厅里的电视机,躺到沙发上,闭上了眼睛。

3

安娜应该明天才回来,给爸妈贺个新年就可以回来了。双簧管演奏员心里希望,医院能放叶莲娜回家过个节,那时,那时他就给安娜留个条儿,再留个什么礼物就马上离开……但这个想法也让他一阵阵心悸:他想象得出,他将面对并忍受怎样的大吵大闹。已经越来越明显,安娜完全不想离婚,不,受折磨的就是他一个人。看到他痛苦、沉默,因她的谩骂而弯腰驼背会让她感到特别的快感;即使把丈夫逼得脸红、愤怒、跺脚、大喊"住嘴"并时刻准备挥起拳头冲向妻子,她也绝不会后退半步,她反而会高兴地大喊:看呀,气得都快要中风了。她觉得在某个清晨或某个傍晚,这种事情一定会发生,那时丈夫的生活就彻底毁了。

双簧管演奏员想起了作家库普林的一句话:俄罗斯的知识分子能面对子弹不弯腰,能冲锋陷阵,赢得军功,但却会因看门人的放肆无理而惊慌失措……双簧管演奏员一边喝着缬草滴剂,一边发誓一定要和她离婚。只是他心里很清楚,安娜是不会让他太太平平地离成婚的,那时他将要面对法庭、羞耻……但这种状况好像对安娜很适合——她又有自由,又有丈夫,还不用在他身上花费任何时间、任何关切……

双簧管演奏员离开沙发,起身关掉了电视机,然后他走到楼上的书房，开始铺床——他要么睡客厅，要么睡书房，即使感到孤独也不去睡让他想起安娜的卧室。书房的窗子朝东，如果是晴天的清晨，房间里就会很亮，阳光会将淡紫红色的窗帘映成深红色。客厅里是灰蓝色的窗帘，每到夕阳西下，它就会变得红艳艳的。是的，是的，夕阳的味道根据它的颜色应该是粉红带点灰蓝的，有点像珍珠。但要在双簧管上为下山的太阳选一个声音，他还难以确定……

突然，他想起了那只蝴蝶。他来到屋角，但是没有，那只在电话听筒上酣睡的小蝴蝶已经不在了，也许，是化冻的声音惊扰了它的梦……他拿起听筒，稳了稳狂跳不已的心脏，拨了一个号码。萨舒塔马上回答道：

"没有，她还不能出院。我们不谈这个……谢谢，也祝您……是的，我已经说过了，我一定会转达的……您看，她想起来了，妈妈在这里给您留了一张便条……一星期之前她交给我的……"

"你之前怎么没跟我说？"

"您也没打来电话呀。如果您想看就过来把它拿走吧，只不过得5点钟前来，不要晚了，我要去飞机场。"

"你去哪儿？"双簧管演奏员机械地问。

"告诉您您也不知道。"她用一副青年人拒人于千里之外的冷漠口气说，"去霞慕尼，在阿尔卑斯山里。"她显然不想夸口，但还是没有忍住，补充了一句："是爸爸给的钱……"

霞慕尼，霞慕尼，双簧管演奏员放下电话回忆起来。他想起了什么，苦涩地笑了一下：是啊，就是那里，就是那个因为有本事而得到茄紫色欧宝的地方……

他急忙喝掉了咖啡，跑去发动车子。

"你去哪儿?"一直在院子里晃来晃去的哈姆雷特问，"你不吃午饭了?"

"去买个礼物。"双簧管演奏员随口撒了个谎。

他来到了索科尔区叶莲娜的家。他没有被让进屋，屋里音乐放得很响。他感到，她女儿一个人在家很是自得其乐：她有一个善良又富有的爸爸，她也完全成年了，明天就会身处法国的阿尔卑斯山……门口有个信封是给他的，上面是女儿稚嫩的学生笔迹：康斯坦丁收。回到汽车里，他心里激动万分。他打开信封，拿出了一张两面写得密密麻麻的信纸。他还没见过叶莲娜的笔迹呢——显然，叶莲娜写得很快，笔迹也不流畅，这样的笔迹应该是一个意志坚定的女性留下的，而且写信的时候很着急。

"你是我的唯一，"叶莲娜写道，"唯一。分离让我如此痛苦，我分分秒秒都在回忆我们在一起的时光。我们在一起尽管只有短短的一个月，但这是蜜一般甜的金色时光，是金子般的蜜月。也许，现在上帝惩罚我是因为我破坏了你的家庭……"女人都很虚荣，这个想法在双簧管演奏员的大脑中一闪而过。"我想你，亲爱的，我甚至感觉不到自己身边那个可怕的邻床病友，也感觉不到窗子上的铁栅栏……"双簧管演奏员读到这里，又感觉到不久前那阵尖锐的心痛。他眯缝起眼睛，靠在座位上，继续读下去："也许，医院会放我回家过新年，我祈祷，每天都在祈祷医生能这样做，但是他始终闪烁其词，不给我任何许诺……我已经好多了,我感觉很好,我渴望,渴望能够拥抱你……如果不行,那就祝你新年快乐,祝你成功、健康,我亲爱的!也祝你哪怕只有一点点的幸福。虽然这样——你一定还记得'我们不曾许诺去清除屏障,但我们愿一同赴死,公开坦荡……'① "

多么遗憾,随着年龄的增长我们忘记了如何哭泣,双簧管演奏员想。在往回开的路上,他几乎辨不清眼前的道路。他总是看见叶莲娜,自己的叶莲娜,穿着一身病号服,端着一杯茶,站在病房的被栅栏隔开的窗旁。

突然他意识到,应该去一趟教堂,在圣母面前奉献一根蜡烛,请求庇护众生的圣母怜悯……但拐向修道院的拐弯处已经开过了,他只好笨拙地画了一下十字。

4

就是在这个地方,他多次接过叶莲娜……双簧管演奏员把车停在他熟悉的这个拐弯处……也正是沿着这条小路,他们每次都摸黑向小楼走去……应该把这里的树砍掉些,他不合时宜地想。他又一次掏出那封信,在手里转了一下,想:得藏起来……藏到小钱包里……他轻轻地拍了拍信纸,两眼望向已春意盎然的林子,仿佛要在松林的间隙中看到她的身影……她身穿一件有点滑稽的酱红色羊羔皮大衣,头上什么也没戴……平

---

① 节选自苏联著名诗人、作家鲍里斯·帕斯捷尔纳克(1890—1960)的诗《秋》(1949)。

常很冷的时候,她总会披上头巾,就是那种米色底大红花的俄罗斯式的大头巾……双簧管演奏员在叶莲娜的画面中也看到了自己。

他走进自己的家,一切都那么陌生。他突然发现,厨房和客厅里有那么多安娜的东西,以前怎么从未发现。好像妻子故意不想让他躲起来,不想让他与自己独处,也不想让他做回自己似的……

他来到楼上的书房——这里空荡荡的,仿佛叶莲娜刚刚离开。他瘫坐在桌子边的沙发上,一口一口不停地喝光一杯干白。他压抑着,强忍着,但眼泪还是夺眶而出。他就这样坐着,与其说看见了,不如说是感觉到了十二月的黄昏已经降临……得做点什么……得做点什么,他想到。哎呀,对,新年枞树……现在我就去弄一棵,不能就这么干坐着……

穿上靴子,套上那件长长的黑色羊绒旧大衣,系好腰带,往腰间插进一把小小的旅行用斧子就出门了。他先向左,经过普季岑家,那里传来聚众畅饮的快乐声音;经过宇航员家的时候,他不想让亚美尼亚人看见,让他进屋。门是开着的,宇航员的妻子冉娜满面绯红,像刚刚从浴室中走出来一样,只穿着一件家居服,脚上是一双带着绒球的拖鞋,站在门里朝双簧管演奏员微笑着。

"祝您即将到来的新年快乐!"她风骚地悄声说道。

"也祝您新年快乐!请转达我对沃洛佳的祝贺。"

"明天有朋友来我们家。"

"恭喜!恭喜!"

这时冉娜突然敞开了家居服，里面竟然没穿内衣。这个低俗女人将满是赘肉的粉红的肥胖身体暴露无遗。双簧管演奏员本能地扭过脸去，冉娜大笑道：

"喜欢吗？"

"非常。"双簧管演奏员阴郁地回答，便匆匆离开了。也不知是他出现了幻觉，他想，还是新年的神迹开始显现……简直就是索罗哈，不折不扣的索罗哈①……

他没有找到合适的枞树。林子里要么是又粗又大、黑森森的一棵，满树干松油，要么就是又细又小、一点儿也不结实的小树。突然双簧管演奏员遇到了一棵倒掉的大枞树——还很绿，散发着清新的味道，只是不知被村里的什么人砍倒了：也许，本来是想做木柴生火的。他选择了一根枝叶繁茂的大枝条便开始砍起来。当树枝脱离树干，他才发现，它有两米多高，一米半宽——他颤颤悠悠好不容易才把它弄到自家门口……这时突然听到普季岑警官在阳台上对他喊：

"节日快乐啊，音乐家！来啊，来我们家喝一杯吧——新年到了！"

也好，双簧管演奏员想，喝酒总比一个人坐在空荡荡的房子里好。

5

聚在一起的是那个夏天让他不得安宁的熟悉的组合——

---

① 索罗哈是俄国作家果戈理的小说《圣诞前夜》中的女妖精。

"动起来吧，老太太"组合：有农艺师瓦莉卡、电气工程师的妻子尼恩卡、两位主人，当然了，还有他自己双簧管演奏员。

"噢，哪怕来一个男人也好啊！"已经喝醉了的普季岑太太喊着，并命令自己的丈夫，"倒酒！"

长腿、干瘦的塔尼卡像是被暴打了一顿似的坐在那里，当然，没人给她倒酒，也不允许她离开餐桌，她妈这个爱走极端的女人把女儿放在身边，不允许她离开自己半步。

"我们怎么听不到音乐声了？"警官转向双簧管演奏员，醉醺醺地说，"你的音乐……"

要么就是你一直都在彩排这个？——他使劲用右手指尖弹了一下自己又短又红的脖子①。

这是事实，双簧管演奏员觉得很郁闷。

"你得了吧！"普季岑太太打断丈夫，"你还让不让人喝酒。"她转向双簧管演奏员，继续说："你知道吧，我已经向法院提起了诉讼。"

"什么诉讼？"

"土地呀，我告的是宇航员。你也签个字吗？"

双簧管演奏员皱了皱眉头。

"我得看一看……文件。"为了把话题引向别处，他对警官说："你最好说说，我早就很好奇，你干吗一夏天都在到处找大石头？你想建金字塔吗？"

警官不笑了，不知如何回答，看了妻子一眼。他太太马上

---

① 用右手的拇指和食指合拢然后弹自己的脖子是俄罗斯文化中一个特有的手势语，意为"喝酒"。这里警官的意思就是：你是不是净喝酒了？

来帮忙:

"我们要弄一座花园。"

"花园?"双簧管演奏员吃惊地问,"什么花园?"

"枯山水花园,"警官回答,"日本风格的。"

"禅宗风格。"搞化学的普季岑娜答道。

大家都在混着喝伏特加和格瓦斯,听了这话,双簧管演奏员猛地被格瓦斯呛了一下。

"你们……你们是禅宗佛教徒?"

"你这是一下子就给我们贴上了标签,"警官说,"就像说谁是党员一样。"

"我们就是比较感兴趣。"普季岑太太迟疑了一下回答说。"你发什么呆,快倒酒啊!"她捅了丈夫一下。

双簧管演奏员感到非常好奇。也就是说,对这些只受过半吊子教育的人,安娜说的对,他总是用一种居高临下的宽容态度对待他们,可他们却知道禅的存在。他自己在很久以前曾经读过一本英语版的讲禅宗的薄薄的书,其实他真正的目的是学英语,但那里面某些东西非常吸引他,他还记住了一些——但记住的东西不多,只够为他和别人聊天提供些谈资。双簧管演奏员警告自己:不能讥讽别人,认为人家低自己一等。他们喜欢日本式花园,的确,但他们在喜欢石头的同时,并不明白,他们自己也不应该讥讽别人。双簧管演奏员认为,讽刺简直就是罪恶,应该咬紧牙关来爱人们,尽管这真的很难啊……

"禅——梵文叫作'特西阿纳'。"他努力让随着年龄的增长和酒精的作用变得越来越差的记忆力紧张起来。

"这是南禅。"警官一边咬着醋渍蘑菇和一块肉馅饼，一边说。

"石头也需要照顾。"农艺师说。

"我和冉卡在芬兰见过日本式花园，"电气工程师的妻子吹嘘道，"简直太棒了。"

双簧管演奏员曾经去过日本一次，日本人简直是欣喜若狂地对待他们，上帝知道这是怎么回事。也许，双簧管的声音、它纯天然木制的声音与日本人的内心极其契合，而其他任何一款西洋乐器都不像双簧管那样能准确地表达出美好的日本旋律。

"语言是不足以来理解事物的内在意义的，"普季岑太太说，"还需要沉思和顿悟。"

"对的，赫莉，在这种情况下任何语言都没有必要。"

是啊，双簧管演奏员想，他已经有点糊涂了，这真是一个发生奇迹的日子，就像是《胡桃夹子》①里一样。

"每一块石头都有自己的心灵和秘密。"普季岑人人继续说，"这不仅是问题的关键，而且还是无法明示的。因为菩萨无处不在，片石藏佛。每一块石头都有自己与众不同的灰色色度，这就叫作枯—山—水，无水花园——只有石块和小砾石。"

"还可以有苔藓，是吧，赫莉？"警官插话道。

"哎呀，你呀！"电气工程师的太太一只手撑着下巴，欣赏着自己的朋友，"你等会儿，这里面的学问我可是一点儿也不

---

① 《胡桃夹子》是柴可夫斯基根据霍夫曼的童话《胡桃夹子与老鼠王》谱曲的芭蕾舞剧。

懂……"

"是啊。"农艺师意味深长地边说,边忽的一下把杯子里的酒一饮而尽。

"我有本书,"普季岑太太身子靠向双簧管演奏员,信任地说,"回头我拿来给你看,你知道书上写了什么?"

"什么?"音乐家呆呆地笑着反问。

"你听着。在各种各样的石头中,"她像在讲课似的有声有色地说着,"有想逃跑的,有跟着它们跑的;有靠在别人身上的,另一些则是支撑它们的;有往上看的,有往下看的;有躺着的,有站着的……它们都是活的。"她悄声说:"你明白吗?"

"这有什么不懂的,"佛教徒警官说,"都懂的。来啊,大师,再来一杯?"

第八章

1

人们都在为迎接新年做着各种准备。

在这座小城的中心广场已经竖起了一棵高大的云杉，树干固定在一个巨大的木制十字架上，不知为什么十字架被刷成了绿色。上面装饰着各色塑料玩具、毛茸茸的银色亮带、连成串的小彩灯和棉花做的假雪——一直都没下雪。这里过去曾经是一个大公国的首都，在这个彩灯闪烁的中心广场上竖着一个大广告牌，上面是大象和侏儒的宣传海报——但已经破烂不堪，满是水痕了。很显然，这还是秋天时贴上去的，一直都没撕下来——也许是由于拖拉，或者是为了美观。

修道院对面是小城的富人区，站在河对岸的小山包上能清楚地看到。那里一些人家的院子里也稀稀拉拉地竖着几棵新年枞树。大别墅里住的是最富裕的公民，首先是本地的强盗；看得出，要去办大事之前，他们可以很方便地对着远处的教堂金顶画十字。这里有区检察长的大别墅和势力弱一些的其他司法部门代表们稍小一点儿的房子。

修道院的院子里有一座上上个世纪建的大教堂，就是在这座从阿列克谢·米哈伊洛维奇沙皇时代屹立至今、经历过法国人纵火焚烧的教堂里还保存着一口珍贵的棺椁，那里珍藏的是该修道院的创始人谢拉菲姆·萨洛夫斯基的学生圣萨瓦长老的圣骨。这里已经到处是一派圣诞节的气氛了。棺椁的对面已装饰一新，祭坛壁龛的边上用新鲜的云杉枝和干草做成了一个牲口槽，能看到浑身卷毛的羔羊，上面一盏小灯发出朦胧的光，象征着伯利恒之星。旁边还有穿着圣诞服饰、头戴包头巾的占星师的蜡像，木制的摇篮里一个纸做的红扑扑的婴孩在安静地睡觉。

那些强盗戴着粗大的拖到大肚子上的金十字架，十字架在大敞着的皮大衣里闪闪发光。他们钻出自己的"大奔"，拉着裹着裘皮大衣的老婆或者女友，一边挥舞大手，笨拙地对着大门上方的圣像画个十字，一边向修道院的大门拥去。他们走进教堂，人数几乎比周围村子里来的农民还要多。一伙人买了几大把蜡烛，向写着"为教堂所需"的募捐箱上开的口子里塞进百元卢布，还有人塞进五十美金的纸币，然后一个个又朝各个方向都画了一遍十字，俯身去亲吻神父的手：祝福我吧……然后就可以带着婆娘们去浴室了，要干干净净地迎接新年……对于这伙人来说，新年和圣诞就是一码事。

银行家村里，没有人家在院子里竖起圣诞树。只有各色小彩灯从大门口一条条一直拉到家门口，几个院子里还有彩色的亮光闪烁，就像五彩的樱桃树，也很像刚刚生根的果树那光秃秃的枝条；各家的门上都挂着、缠着金色缎带，点缀着红色松球的绿色花环——这完全不是东正教圣诞节的饰物，而是西方圣诞节的。而且这些银行家未必知道，这些花环其实是多神教的遗迹，是防止妖魔鬼怪进入家宅的。但要说起真正的妖魔鬼怪，银行家们可是太熟悉了，尽管二者之间的反差很明显：这里的黑手党是土生土长的，他们崇拜祖训，而他们潜在的客户遵循的却是欧洲传统，为俄罗斯世世代代对英国三百年草坪的幻想而感到痛苦……银行家村里的人们饭后只是稍事休息就坐到电脑前工作，秘书不能从办公室里发送的恭贺新年的传真或者邮件都是从这里发出去的①。人们在这里一直盯着牌价的波动，聚在桌前直到深夜。

　　副业村里一点节日将近的迹象也没有。那些纯粹的农民还在栏杆上缠上各式各样的彩色纸带，虽然看上去并不怎么样。但那些习惯于内部生活的村民却一直待在自己丝毫也不装饰的破房子里。三个司机被家人硬赶去邻村的一家小浴室里洗澡了，开着一辆卡玛斯车；他们的老婆和丈母娘则在家里准备鱼冻；在浴室里，他们将啤酒浇到烧得滚烫的石头上，蒸汽开始噗噗地冒了出来。他们每人都先喝了 200 毫升到 250 毫升的伏特加润了润嗓子才开始洗。当午夜 12 点总统像布谷鸟一样在电视上报时的时候，他们正穿着干净的衬衫，坐在摆满丰盛晚餐的餐桌旁看着他。

　　村里的男人喝酒已经不是第一天了，证明即将到来的日子

---

　　① 这里的意思是黑手党是真正的妖魔鬼怪，银行家们的家门口虽然挂着阻挡妖魔鬼怪进入的花环，但实际生活中他们始终与黑手党勾结，过年过节会暗地里给他们发贺电。

是节日还可以通过很多特征来判断，如封冻了的臭水坑不再因新倒的热泔水而升起一团一团的热气……男人们也基本上不打老婆了——这是节后的消遣；也听不到乱七八糟的小调了，手风琴和流行曲儿的声音只有清晨的时候，当整条大街的人都在喝醒酒酒的时候才会响起。村里人仿佛都在期待着新年将要发生的许多奇迹，也时刻准备参加《蓝色星火》①娱乐晚会……

吉洪爷爷的老伴儿这些日子累坏了——她酿了三大瓶三升装的伏特加，这会儿正忙着酿第四瓶。男人们路过她家都会抽抽鼻子——酒钱可是花得最快的。但老太太允许赊账，很显然，新年第一天的第一个清晨，几乎每一个找醒酒酒的村民都对这所房子趋之若鹜，因为商店不开门。

2

叶莲娜住在一间四人病房里。一张床是空的，另一张上住着一位老太太，她从来不起床，就在床上大小便。老太太病得很厉害，但很安静，始终是抑郁的状态，对任何噪音和别人说话的声音都没有反应，也许正因如此才把她弄到这个*中度病症*的病区。除了从她每四天才更换一次卧具的床上散发出可怕的气味之外，老太太只有在深夜才会打扰到周围的病友，她会突然声嘶力竭地喊叫：

"塔尼亚！塔尼亚！"

这叫的大概是她的女儿。每当清晨，天蒙蒙亮的时候，老

---

① 《蓝色星火》是苏联时期一档著名的电视娱乐节目。

太太的意识会突然变得清醒，她突然就会明白，她是会死的。她怕死，就像动物一样，于是她叫女儿的名字，盼着她来帮她。很难说清她在自己生病的大脑中勾画的死亡是什么样子，但肯定是非常恐怖的。有时她会变着法儿地喊叫：

"塔尼亚，塔尼亚，它们在使劲地拽我！快把我盖上，塔尼亚！……"

另外一个病友的床与叶莲娜的床并排摆放着，她们都是头朝着墙，朝着那扇装着铁栅栏的窗户。那个病友很年轻，30岁上下，是一个在莫斯科家具厂工作的外来妹。她有两张照片，每天医生查房后她就会把照片别在墙上。这是医院不允许的，所以每天查房前她都会动作敏捷地把照片藏好。一张是玛丽娜·茨维塔耶娃①的照片，另一张是贝拉·艾哈迈杜琳娜②的照片。这个病友名叫阿纳斯塔西娅，她肯定地告诉大家，她和这二位女性都认识，经常去她们那里做客，因为她们二位生活在一起，住在伏尔加河边的一处庄园里。病友的确能够背诵很多诗——其中有阿赫玛托娃③的、阿萨多夫④的，甚至还有一首帕斯捷尔纳克的，还会背诵很多流行歌曲的歌词，但不知为什么没有茨维塔耶娃的。叶莲娜没能马上明白，这个画面还因潜在的女性同性恋倾向变得更加复杂，纳斯嘉⑤每当说起男人总是带着特别的轻蔑。

---

① 玛丽娜·茨维塔耶娃（1892—1941），俄罗斯著名女诗人。
② 贝拉·艾哈迈杜琳娜（1937—2010），俄罗斯著名女诗人。
③ 安娜·阿赫玛托娃（1889—1966），俄罗斯著名女诗人。
④ 爱德华·阿萨多夫（1923—2004），俄罗斯著名诗人，小说家。
⑤ 纳斯嘉是阿纳斯塔西娅的小名。

对自己拜访女诗人的情景，她总是描述得非常生动、具体。她说，她们二位诗人住在陡峭的河岸边，从她们的游廊上看到的几乎就是列维坦①笔下的风景，有轨电车直通到她们的庄园。关于有轨电车，纳斯嘉也描述得很具体，后来才弄清楚，原来她曾经学过开电车，但由于各种不明原因她没能继续做这份工作……一次她给大家讲，艾哈迈杜琳娜和茨维塔耶娃是怎样用红菜汤和馅饼款待她的。每次讲述中一定会有茶炊②出场，而且每一次的结局都是她或者是她吻了她。

当纳斯嘉说到自己的工厂，她就变得特别正常，有时讲得还会很好笑。比如，她告诉大家，她们车间里安装了德国的流水线之后，很多同伴被解雇了，只留下了体力最好的工人。在为叶莲娜解答令她吃惊的问题时，纳斯嘉很明确地说，流水线由两条本该衔接的作业线构成，但在组装的时候这两条线没衔接好。所以当衣柜接近作业线的脱节处时，工人们就要把柜子搬起来，然后迅速地放到另一条作业线的传送带上……

叶莲娜很清楚地记得，她是怎么来到这间病房的。清晨当她在斯克里夫医院病房高高的病床上被冻醒的时候，她几乎全身赤裸。至于是怎么去斯克里夫的，她当然不知道。一阵极度的慌乱和恐惧包围了她，因为硕大的病房里还有很多赤身裸体的病人躺在同样的病床上，很多人身上甚至还有血迹。她起身下床，光着脚跑出病房。后面值班的助理护士紧追不舍——她

---

① 伊萨克·列维坦（1860—1900），俄罗斯著名画家，风景画大师。
② 茶炊是俄罗斯人用来烧水的壶，外形各异，但一般是桶形。桶中间放炭，四周放水，类似中国的传统火锅。茶炊是俄罗斯人生活中必不可少的器皿，家家都有。

本来是坐在出口处那儿打盹来着，叶莲娜就跑了出来。叶莲娜一边跑，一边拼命压抑着哭喊，两只赤脚在瓷砖地面上不停地打滑，还没跑到门诊她就感到浑身由于恐惧变得冰冷。突然她被一群人抓住，她拼命地喊着，我不要，凭什么，放开我，你们这些法西斯，甚至要咬那些人，但他们给她打了一针。她醒来时已经在这里，在铁窗里了。

第一周他们不停地给她打针，但由于她表现得很安静，对医生很有礼貌，而且她并不试图证明这是个错误，她其实完全正常，所以一周后注射就取消了，而是开始给她吃药。她乖乖地听凭他们把药片放在她嘴里，然后就吐出来，藏在枕头下面。这都是些什么药片，她并不知道。她问过一次，但没有人理她。

不要说从这里往外打电话了，就是写信也是不允许的。她只好骗取护士长的信任，把女儿巧妙地藏在馅饼里带进来的50卢布给护士长，才得到了一张纸和一支笔。于是她给双簧管演奏员写了那张便条，请护士转交给萨舒塔。但后来她再也没能用这种方法传出去一张纸条。

3

三十一日的清晨，当双簧管演奏员从难受的宿醉中醒来，他凭着某种早已有的本能想，应该装饰新年枞树了。他给自己煮了很酽的茶，往茶杯里洒了一点白兰地，然后把树枝拖进客厅，放在一只夏天一直用来给自己那又窄又小、蔫不唧的小菜园浇水的塑料水桶里。他用尼龙绳把它捆好，把树枝整理好。他爬上阁楼，找到了一个很旧很旧的、装满装饰圣诞树玩具的大盒子，这还是从父母的家里带过来的。

他已经很多年没动这个盒子了。他从来就没有在莫斯科自己的家里摆过圣诞树，因为新年将至的这段时间他经常是在巡回演出中。他怎么想起来摆这么棵树在家里呢？又没有孩子。是为了安娜吗？当然不是。更准确地说，是为了自己，这真是幼稚的想法……其实他潜意识里做这一切都是为了叶莲娜。

他开始一个一个地拿出玩具，它们都被一张张发黄的报纸包裹着，中间还垫着同样发黄的、曾经是灰色的脏兮兮的棉花：在他童年的时候，泡沫塑料还没被发明出来。准备过冬前，家里的大人就会用这种棉花先塞在窗户的缝隙中，然后再糊好。双簧管演奏员记得，家里最后一次摆放圣诞树的时候，父亲还健在。父亲就像剧里的人物一样，酷爱各具特色的仪式和家庭节日。全家人聚在一起：父亲、母亲、他，还有他的老保姆纽拉，在他小的时候老太太一直叫他科斯吉克①。她早已不和他们同住了，家人在筒子楼里好不容易为她搞到一个小房间。但她还是会来家里帮忙做家务，虽然不是每天……最后一次还是纽拉装饰圣诞树，这是不会记错的……

双簧管演奏员拿出几个很大的闪亮的球——在每个球口上塞了一只金属丝捻成的小蜘蛛：下面有两只摊开的小爪子，上面有一个可以穿绳的小关节。接着他又找到了几个油漆已经斑

---

① 科斯吉克、科斯佳都是康斯坦丁的小名。

驳了的小菲利普①，它一般是用专门的小金属架子固定在树枝上的。小菲利普身穿鲜红的厚呢外衣，头戴黑色的羊皮护耳帽，下身穿蓝色的裤子，脚上套着毡靴。他看上去小脸红扑扑的，渴望获得知识，渴望吃到水果糖……双簧管演奏员不停地在手里转着小菲利普，想到：是啊，是啊，从他记事起，家里就有这个玩具。突然，他好像第一次感到自己是个孤儿，他已经两年多没去给父母上坟了。

纽拉没有被允许和父母埋在一起，她的遗体被她的妹妹拉回了图拉农村。双簧管演奏员还记得，当年送纽拉的时候，所有的费用都是他支付的：汽车、棺材，还有下葬那天的酬客宴。在墓地，他向纽拉的胶合板棺材上抛下了一团冰冷的泥土，然后在纽拉父母的老宅子里就着难闻的伏特加吃了点蜜粥。虽然他给了纽拉阿姨的妹妹买棺材和伏特加的钱，但妹妹却哭个不停，说：纽拉的房子白瞎啦……

接着他又看到一串穿在细绳上的玻璃项链，细绳由于年头久远已经有些烂了。银色的小球就串在这根细绳上，只是每个小球之间还装饰着玫红色和白色的小管子；一个纸带缠成的团，纸质很粗糙，且颜色各异，就像小孩没有洗干净画笔乱涂的水彩画。这个纸带团是纽拉阿姨不舍得扔才保留下来的；还有满是刺的玻璃树球，天知道这是什么针叶树的树果；两个不知为什么连接在一起的柞实，就像公狗的两个睾丸；像地精或

---

① 小菲利普是列夫·托尔斯泰的一篇小小说《小菲利普》中的主人公。小说讲的是小菲利普年纪还小，但非常渴望读书，于是一天他冒失地跑到学校，被老师留在学校读书的故事。

者侏儒一样的用造型纸做成的圣诞老人，肚子上还留着好奇的小科斯佳用铅笔扎的一个小洞。他把这些都放到圣诞树下，放在礼物的旁边。最后还有一个被啃秃了的带支脚的毛玻璃五角星，它是克里姆林宫上闪耀的红星的远房亲戚——它高高地插在圣诞树的最顶端，点缀着全部的美丽。这些从前节日的用品中散发出一股丑陋的苏联式贫穷的味道，连那个红扑扑的、穿着漂亮衣服的小菲利普也是一副涅克拉索夫-别洛夫①的、民主主义巡回画派②式的控诉的表情。它让双簧管演奏员感到忧郁，但同时他也体验着回忆的甜蜜，回忆新年时纽拉阿姨用包巧克力的锡纸包好、藏在枞树枝里的橙子的味道。而这杯由甜蜜的痛苦和痛苦的怜惜混合而成的鸡尾酒，他是混着孤苦伶仃的童年啜饮而下。当外面传来了汽车执拗的鸣笛声时，双簧管演奏员很高兴能从这件事上回过神来。如此不断地鸣笛的只可能是安娜——处于节日兴奋情绪中的安娜……

4

从汽车到门口，或者从门口到汽车，就这样把很多大口袋拖来拖去，双簧管演奏员突然想起，他没有给安娜准备任何礼物。突然他想到，他有一个东西，是叶莲娜送给他的，但他绝

---

① 瓦西里·别洛夫（1833—1882），俄罗斯著名画家，巡回画派的代表。
② 巡回画派是19世纪俄罗斯绘画的重要画派，全称为"巡回展览派画家协会"，成立于1863年。该画派主张艺术应具有思想性，应面对现实、表现现实，并为改造现实而斗争。他们的绘画多表现俄罗斯人民的苦难生活，揭露和讽刺统治阶级。该画派的代表画家主要有克拉姆斯柯依、别洛夫、列宾、苏里科夫等。

对不需要：他们经常会互送礼物——一直到她生病住院。他的写字台上放着一只很可爱的银色小青蛙，每当他工作的时候，它就会用那圆圆的银色的鼓鼓的眼看着他。叶莲娜总是戴着他送的眼镜，而他有一条她从意大利带回来的围巾，她则有一双很漂亮的西班牙矮靴……叶莲娜送他的东西是个电子记事簿，可它对他来说完全没用。他不喜欢任何电子新产品，懒得去学，双簧管演奏员一点儿也不觉得把它送给安娜不好意思，或者可耻，相反，他愿意到处都摆满令他想起叶莲娜的小玩意儿，其中之一漏到了安娜的手里，但这不是恶意，主要是因为安娜并不知道它的来历……

安娜很兴奋，她隔着院子在和普季岑太太大声说话——她只要高兴，嗓门就会大得不行。她不停地和安热拉说话，一边又对亚美尼亚孩子们说：看我给你们带什么来了。只有双簧管演奏员她没看见，这是一个确定的信号，就是她要把自己的好心境首先表现给他看，意思是，看，我没事，一切正常……

"这也太难看了！"安娜把最后一个袋子搬进屋里，指着树枝大喊道。

"这是圣诞树啊。"双簧管演奏员不好意思地解释。

"是，这是你的风格的圣诞树。对，跟你很配。"

在这种甜蜜的氛围中他们开始准备过节。很显然，安娜决定蒙蔽周围所有的人——不仅仅是穷嗖嗖的丈夫。她带回了鱼子酱、各种昂贵的鱼、酿好了馅儿的油橄榄、很多水果，甚至还有猕猴桃和哈密瓜，不知从哪里弄来的七鳃鳗鱼、肉拼盘，最终，她竟然从袋子里拿出了一只大鹅。

按照家中不成文的规矩，过节的甜品和饮品永远都应该是由丈夫负责，但现在安娜就仿佛是说你有什么需求似的，她也把这些都承担下来了：她从袋子里拿出一个大蛋糕，还有伏特加、香槟、勃艮第红酒、霞多丽白葡萄酒，甚至还有一瓶杰克·丹尼威士忌，她把它塞给双簧管演奏员，说了句：

"这个得有，拿着。"

双簧管演奏员实在弄不明白，在这一切当中还需要什么呢：是安娜自己都感觉不好意思，但却被粗鲁放大了的所谓亲密，抑或是贬低他的欲望。应该说，这里两者都有一些，但双簧管演奏员并没有研究心理的爱好，他已经感到他习以为常的讨厌的愤怒像潮水般涌来……

这时一股股木炭的烟从后院飘了过来，另一侧则响起了塔尼亚放录音机的声响，她将音量开到最大，在听 Мумий Тролль 演唱组①的歌；村里的人们也按捺不到傍晚，早早就伴着手风琴唱起歌……

节日开始了。

5

除了宇航员一家，其他三家之间搞了一个协议，因为宇航

---

① Мумий Тролль 演唱组是俄罗斯著名摇滚演唱组合，成立于 1983 年的苏联时期，成员均来自符拉迪沃斯托克，组合的核心及主唱为伊利亚·拉古年柯。该组合的名称 Мумий Тролль（木民·特罗尔）源于芬兰著名儿童文学作家托韦·杨森的系列童话《魔法师的帽子》，其主人公就叫木民·特罗尔，是一个生活在森林中的善良的矮子精。

员一般不和大家来往：第一，他家与普季岑警官家有矛盾；第二，他家来了两个笨手笨脚的小孩，浅色头发，穿着苏沃洛夫少年军校的校服，是被允许临时离队的。于是决定，谈判由安娜主持，当然，每个家庭在自己家里迎接午夜的到来，然后放烟花，之后大家在亚瑟家的游廊上集合，亚瑟会把他家的平板大电视搬到那里。双簧管演奏员感到无所谓。他把圣诞树装饰好，放上彩灯带，然后他拿着自己的波本威士忌回到了楼上的书房。应该打几个电话。乐团的头儿已经半醉了，打电话来说，西班牙经纪人确认他们参加在巴勒贝克①举办的春季艺术节的电传到现在还没有来，原因你懂的，圣诞节。

　　头儿的名字叫瓦列拉，他说完，却怎么也不想放下电话。他很想跟双簧管演奏员说，他要独自一人迎接新年了，他这已经是第 N 次孤独一人了——然后他会去列宁格勒火车站带一个小姐回来。双簧管演奏员始终搞不懂他对妓女为何有如此大的兴趣，但有一次头儿对他解释说，你知道吗，科斯佳，如果你不给娘们儿付钱，她只会变得更加不要脸……放下电话，双簧管演奏员和一个很保守的朋友的妻子聊了一会儿，那个朋友去拿香槟了；他又打电话给编辑、音乐厅，给自己的校长——纯粹是出于礼貌，然后还给几个熟人打了，但这已经不是非打不可的了。最后他提心吊胆地拨了叶莲娜的电话——万一她能接呢，但无人接听……于是他将一整瓶威士忌喝光了。

　　窗外漆黑一片，客厅里的电视机开着，家里散发着烤鹅的

---

　　① 黎巴嫩城市。

香味。桌上摆好了各色小菜,最让人难受的时刻到了,虽然节日近在眼前,但却还必须等待。

"去把你自己收拾收拾!"安娜从他身边快步走过,看了他一眼,"你连胡子都没刮,快脱下这件可怕的高领衫,粗糙得都扎人。穿得体面点,等会儿我们去会朋友!"

"哦,还真的是去人民中间啊。"双簧管演奏员有一搭没一搭地回答。

他不愿意脱掉舒适的家常服,高领毛衣是冰岛产的,又暖和,又柔软。但同时他也挺高兴,因为这下终于有事可干了:他进了浴室,端详着自己的脸,看到自己真是老了许多。眼睛布满血丝,头发耷拉在前额,好像已经开始花白,络腮胡子已经完全花白了。明年他就 50 岁了,音乐厅、学院的同事、朋友们都会祝贺他,甚至还会接到从音乐学院发来的贺电。也许,部里也会发来三四行祝贺文字,有的小报也会登出一张小小的照片,下面写上甜腻的文字,像悼词一般。他的老朋友也会带着自己的家眷聚到一起,有些还会带几个圈外的年轻人,像女秘书啦、女管理员啦之类的人,还有他的前女友们——安娜总是想尽一切办法不让这些人进家门的。而整个活动的总指挥必定是她,安娜,挡是挡不住的……

躺在浴缸的泡沫里,双簧管演奏员想,应该逃跑。如果今天下达了巡回演出的任务该多好……或者能和叶莲娜在一起也好啊!那样他们就会不顾一切,向科孚岛①招手致意。四月,那里是花的海洋,他们会在古老城堡外的小酒馆里喝散发着树

---

① 科孚岛,隶属希腊,面积 593 平方公里,是著名的旅游休闲胜地。

脂清香的白葡萄酒,而甜品一定得是有些浑浊的乌佐酒,当地酒馆的老板总是把它们倒在多棱的高脚细长酒杯里,用托盘端上来。或者去法国的圣特罗佩,去一个海滩边的小餐馆,点一杯海洋鸡尾酒,节足类和贝壳类动物在一只盛着火红颜色的汤的大碗里漂浮,然后喝起凉爽的普罗旺斯粉红葡萄酒,喝到兴奋……但是叶莲娜不在,也不知她什么时候会回来。最好一个人离开,在航行于印度洋的大轮船上包一间舱房,然后在毛里求斯附近大海的风暴中消失,永远消失,仿佛从来就没有存在过一般——要知道在他的星座运势中写着,死神在水中窥视着白羊。但他一边往自己的身上抹沐浴液,一边想,这一切不过是空想。最主要的是,他已经对一切都无所谓了,爱怎样就怎样吧,特别是没啥好庆祝的,这是千真万确的。如果连音乐都不像过去那样令他着迷,那名气、声望就更难令他激动了。甚至对于钱他也变得冷漠,令人感到奇怪的冷漠——对于他来说,金钱永远只是索取的好听的标志。至于索取,命运给了他叶莲娜,但又从他手里夺走了。不知为什么,他异常强烈地感觉到,过去的一切将不再复返,他也许永远也见不到叶莲娜了。

6

总统是一个看上去很显年轻也不烦人的男人,一副工厂里模范工程师的模样,在电视上宣读着致全体国民的新年贺词。他说,一切都很好,而且会越来越好——然后克里姆林宫的大钟开始敲响。安娜从餐桌边站起身来,双簧管演奏员也随之站了起来,就像《丘克和盖克》① 中的场景一样:总统指的是哪个全体国民呢?很有意思,可惜他很不走运,过去是苏联人民——任何问题都没有……

"来,"安娜用她一贯的白痴般讽刺的语调和幽默说道,"祝你新年快乐!别生病!别咳嗽!像大家说的那样,工作上取得成绩……"

"也祝你,"双簧管演奏员说,一口喝干了难喝的中糖香槟,他现在只喜欢低糖香槟,"哦,对了,这是给你的小礼物。"他取出电子记事簿,不无幸灾乐祸地递给安娜。

"这个给你。"安娜不知从哪里拿出一个礼盒包装的盒子,比他的那个大。

"可以看一看吗?"双簧管演奏员拆掉外包装,里面是昂贵的荷兰香烟,正是他最喜欢抽的牌子。突然一种类似惭愧的感觉划过他的内心,他感激地吻了吻安娜。

突然从街上传来了魔术弹炸响的声音,窗外的天空被闪烁的烟花映得五彩缤纷。这时普季岑一家冲了进来:警官一手拿着魔术弹,一手拿着酒瓶子;普季岑太太拿着一个系着彩带的彩纸包。还有塔尼亚,一脸愁容,瘦筋筋的,看着很不舒服。

"乌——拉!"普季岑警官一边高喊,一边砰的一下打开了香槟的瓶塞。

---

① 《丘克和盖克》是苏联著名儿童文学家阿尔卡基·盖达尔的作品,1953年由莫斯科高尔基电影制片厂搬上银幕,产生了巨大的影响。这里说的就是电影。其中有一个场景是丘克、盖克和爸爸、妈妈一起迎接新年的到来,他们站在一起,庄重地聆听克里姆林宫钟声敲响。

"乌——拉——拉！"他的妻子紧随其后，安娜也声音不大地喊了一句。

"乌——拉！"双簧管演奏员说。

普季岑太太带来的纸包里包的是一瓶廉价的化妆品和假冒琥珀的烟嘴，做工假到令人难以忍受，是送给双簧管演奏员的，而双簧管演奏员则又一次不无故意地将自己灌制的碟片回赠给了普季岑一家。安娜送给普季岑太太的也是类似的一包东西，里面是很多香水的小包装试用装，这种东西在西方任何一家大商店的化妆品柜台里都可以免费索要很多……

亚美尼亚人家里来了很多个镶着大金牙的阿绍特、卡连、阿尔森、奥加涅斯，一个个两眼放光。电视机开得很大声——那里《蓝色星火》文娱晚会马上就要开始了。院子里的烤炉冒着烟，游廊上摆着一棵两米高的尼龙圣诞树，装饰得很漂亮。餐桌按照高加索的风俗摆满了丰盛的菜肴。

"天哪！"普季岑太太拍了一下手，有礼貌地说，"这么多菜啊！"

"我们多尔玛尼昂家什么东西都有，任何时候都有。"老太太说道。今天她也稍微打扮了一下，松弛的胸前戴的还是那条项链。

"你们最好穿得暖和些，"亚瑟说，"一会儿我们会去游廊，哇哦！虽然我在那儿放了两台取暖器。"

安娜和警官回去穿厚衣服去了，双簧管演奏员又穿上了他最爱的那件高领毛衣。然后就是互送礼物，然后就是整个仪式……把孩子们从客厅请了出来，为他们单独弄了一个餐桌。

尽管塔尼亚老大不愿意,但她还是被分去和孩子们一起用餐。孩子们在圣诞树下找到了很多礼物,推推搡搡了一通就跑掉了。

"妈,你看着点,让他们一个小时后都上床睡觉!"亚瑟命令道,"来,朋友们,我们已经在一起生活了一年了——有钱有车、有吃有喝、空气新鲜,还和我们的孩子、父母在一起。为了健康,为了友谊,为了生活中最重要的这些东西,干杯!"

于是干杯,大家吃呀、笑呀,互敬互爱。

第九章

1

已经快到夜里两点了，普季岑警官早已喝多了，他叫也已完全不清醒的双簧管演奏员跟他去院子里抽烟。其实，餐桌上是可以抽烟的，但警官坚持要去院子里。

他一边抽烟，一边问：

"不是，你说，康斯坦丁，为什么他们生活得比我们好？"

"他们是谁？"双簧管演奏员好奇地问。

"就是那些哈恰克啦，"警官弯下一根手指，"阿泽尔啦。"他又弯下第二根手指："这些格鲁吉亚佬，我的朋友，还有车臣人，甚至还有中亚那些蛮子……"

"哪有那么严重，你夸张了！"

"他们自己的家乡可能连一条水渠都没有，却在莫斯科倒腾哈密瓜。"

"也许，他们在很努力地工作。"双簧管演奏员提出了自己的猜测。

"哎呀，你撒谎！我也很诚实地劳动，每天从早到晚，你也一样啊——你看,你一天到晚要吹那个笛子多长时间啊。可他们不是,他们偷窃、投机、卖毒品。你看那些车臣人,我们俄罗斯女孩即使在大街上他们也不放过……"

"他们那里没有俄罗斯人。"双簧管演奏员突然想起了自己的头儿瓦列拉给他讲的那些事,于是表现出消息相当灵通的样子说道,"那里都是乌克兰和摩尔多瓦女孩……"

"那不一样嘛——都是我们斯拉夫女孩。在彼得罗夫卡大街上,每次他们的那些把戏我们都看得真真儿的。然后我们会小声说:看啊,生意开始了。那些阿塞拜疆家伙在所有的批发市场都有关系,这不,又在我们俄罗斯人身上赚外快呢。莫斯科整个西北区的生意都由哈恰克控制。他们怎么不在自己家里干这些事呢,啊?他们为什么非得钻到我们俄罗斯来?为什么那些该死的犹太佬卷了我们所有的银行就溜回自己的以色列去了,不,他们不会让自己的屁股被巴勒斯坦的子弹打中的,他们最好把俄罗斯人全卷走……"

"这是整个世界的趋势,"双簧管演奏员懒洋洋地说,一点也不真诚,"贫穷的南方向往富裕的北方,比如法国就有很多阿尔及利亚人,比利时有很多摩洛哥人,美国则有很多墨西哥人和非洲黑人,甚至在挪威,你知道有多少越南人——哦,太多了!"

"你又胡扯。阿尔及利亚人一般是在法国人手下做服务员的,摩洛哥人倒卖橙子,拉丁美洲人多数擦皮鞋,而非洲黑人根本就不穿裤子——都在玩 RAP(说唱)。可在我们这儿,俄罗斯人却给那些黑毛打工,他们占着我们的国家还蔑视我们,蔑视我们没钱。他们甚至还排挤我们俄罗斯弟兄,把他们都挤到郊区的小市场里去……这还有天理吗?哦不,我要把他们全都塞进闷罐车,运到科雷马①去……"

此时原本很开明的双簧管演奏员也对警官的话有了些许同感:不,科雷马——这也太狠了,但是高加索人在俄罗斯各地经营非法生意也是不争的事实,而且他们还排挤、教唆俄罗斯人。他虽然对自己新的一天刚刚开始就有这种想法感到有些过意不去,刚刚他还在人家亚瑟家里又吃又喝,但现在他突然甚至对亚瑟也感到一阵模糊的厌恶。说到底警官还是对的:双簧管演奏员曾周游世界,他知道西方的许多国家都面临着来自南方侵袭的问题。但在任何地方,阿拉伯人、非洲黑人、墨西哥人或者是巴基斯坦人都不拥有如此特权化的社会地位,所有政治和财政脉络永远都掌握在所谓社会主体代表的手中。但他,一个自由主义者,马上打断了自己的思考:不,如果这样就离法西斯不远了。

"啊哈,"警官盯着演奏员的眼睛,小声地说,"你也是这样认为的,我猜得对吗?"他好像读懂了演奏员的心思。

"如果这样就离法西斯不远了。"双簧管演奏员就像我们的天父一般将心中的思考说出了声,但不知为什么声音很小。然后他决定开开玩笑,说:"先不说别的,你可是个佛教徒啊。"

---

① 科雷马位于俄罗斯东北部,包括科雷马河流域和鄂霍次克海北岸的部分地区。该地区自然条件极其恶劣,苏联斯大林时期这里是重刑犯强制劳改营所在地。

"佛教并不妨碍法西斯主义。"警官坚定地说，表现出对谈话内容让人惊讶的了解，说完就不吭声了……"我去给他们送魔术弹。"突然他很清醒地说道——一脸怀疑，还带着几分威胁的调子，一阵不祥的预感立刻攫住了双簧管演奏员的心。

"我跟你一起吧，"他自己都没想到会脱口说出这一句。

"不，不，你待着吧！去吧，去吧，那些哈恰克都等得不耐烦了。"

"你还回来吗？"

"不回来干什么！"警官强硬地回答，好像还隐藏着威胁的语气。双簧管演奏员明白，他不会回来了。

双簧管演奏员走回亚瑟的家，坐到自己先前的位子上。

"我们家那位呢？"普季岑太太担心地问道。

"马上来。"双簧管演奏员撒了个谎。

"他稍微好点吗？"

"差不多已经清醒了。"

"真糟糕，"普季岑太太说，"他今天喝了一升白葡萄酒，还有一升伏特加，真糟糕！"

"这有什么不好的，如果他什么事也没有？"

"他如果这个样子的话，就说明不是清醒，而是彻底醉掉了……是隐藏的深醉……他这样是会爆发，会出事的。他可千万别找到手枪，我已经给藏起来了。"

她接着说，一次——那次刚好双簧管演奏员不在小楼里——普季岑曾用手枪威胁亚美尼亚人。亚瑟拿起自己的气枪来到门口，也把枪口对准警官。警官好像突然清醒过来，不好意思地回到自己家，后来他们和解了，两人都只字不提曾经发生过的这一幕……

正说着，普季岑家那个单元里突然传出一声尖利的、与柔和的魔术弹的炸裂声不可能混淆的枪响，在这寒冷的冬夜显得特别刺耳。

2

听到枪声，亚瑟家的客人纷纷从座位上跳起，没谁听主人的劝，说这样做会很危险，一个个都挤向那扇窄窄的小门，从游廊的后部穿过客厅站到正门前的台阶上。他们晕晕乎乎、推推搡搡地来到普季岑家的院子。宇航员的双手紧紧抓着警官，嘴里却在温柔地劝着：

"来，咱们做个聪明人。把枪给我，你会伤到人的。"

"我朝天开的枪。"

"你根本不知道朝哪儿开枪了，你这个可恶的雷子！"

"你说什么？！"

"我就说了，还有比这更难听的呢……"接着宇航员使劲掰弯了普季岑的手，把枪抢了下来。

"还给我，你这个该死的，那是配发给我的武器。"普季岑含糊不清地呜呜喊着，"我执勤的时候……"

"你把他的手都扭断了，你这个混蛋！"普季岑太太大叫道，保护着丈夫。

"走啊，那我们去派出所掰扯！"宇航员的冉娜站在台阶上喊，"现在我们就去跟他了断。简直没一天消停的时候，弄得到处鸡犬不宁……"

不管在新年之夜听到警笛有多奇怪，街上还真的传来了马达的声响和急刹车时轮胎发出的难听的摩擦声。两盏车前灯直接照向小楼的大门，照向一众人的双眼。随着"公民们，散开！"的叫声，两个巡警——一个列兵、一个中尉——出现在人们面前，很快大家看清楚，那个中尉是个鞑靼人，两位警察也是醉醺醺的。

"谁开的枪？"鞑靼人叫道。

"这不，抓着他呢，"冉娜急忙说，"就是他开的枪，就是他……"

"好啊，"鞑靼人走到宇航员跟前，"是他吗？武器呢？"

"轻点儿啊，老兄。"普季岑小声请求道。

"这不在这儿吗，中尉同志，"宇航员说，"就是这把枪。"

"你是谁？"

"邻居，空军上校，已退休。"

"你能去做个笔录吗，上校同志？谁是证人？有证人吗？"

"我！我是证人！"冉娜尖声尖气地叫道，"还有他们。"从她身后走出苏沃洛夫少年军校的两位学生。他们穿着镶着白条的运动便装，就像下级军官中那些四肢发达的公牛穿的那种。"我们坐在厨房聚餐，突然院子里传来了一声枪响。我丈夫说：'这是手枪的声音。不要靠近窗子。'他自己则悄悄地打开门，一个箭步扑了过去——他非常勇敢，曾经驾着飞机战斗过……"

"腻害（厉害）啊！"鞑靼人说。

这时普季岑太太一把抓住了他的胳膊,悄悄地说:

"大尉同志,啊,大尉同志,祝您新年快乐!我这就把发生的一切讲给您听……走,去我家吧,大尉同志,喝一小杯再说……"

"你是邓人(证人),对吗?"

"是啊,是啊,我什么都看见了……"

"萨洛肯,看住他。"鞑靼人说,"我这就……"

"是。"索罗金说完,温柔地给了普季岑的肋骨一拳。

两人的交谈时间不长,很快鞑靼人擦着嘴巴从普季岑家里走了出来。走到大家的近前,他盯着黑暗中的普季岑警官,问:

"你怎么不早说你是彼得罗夫卡分局的,啊?萨洛肯,把武替(武器)还给他。无尸不立案!"

"万岁!"普季岑欢呼了一声,随即就没声了。

"散了吧!都散了吧!"鞑靼人对着亚美尼亚人喊道,突然仿佛一下子开心起来。

"你们是什么人?是从高加索来的客人?你们有落地签吗?"中尉虽然迷迷糊糊,但显然意识到,这里能捞到好处:明天执勤就结束了,在俄罗斯这新的一天他可以好好庆祝一番了……

十分钟后,亚瑟的家就变成了战地司令部。主人由于愤怒和惭愧而双唇颤抖,脸上的表情就像个受尽了委屈的小孩。但是他知道,这个时候必须沉默。

所有的亚美尼亚男人的落地签都没问题,但几个女人的落地签已经过期，其中的两个根本就没有落地签。鞑靼中尉为此收了他们每人100卢布，一共500卢布，看上去挺满意。他祝愿大家都有一个幸福的新年，并补充说，在他的管片希望再也不要看到他们，说完就离开了。直到这时哈姆雷特才从二楼的壁柜中爬了出来。他的护照上登记的居住信息是莫斯科的，但是他一定有不能给警察撞见的原因……

"哦不，这群杀千刀的！"老太太突然开口说道，先前她是决定不吱声的。

不知老太太这是针对谁，也不明白她到底指的是哪位警员：是普季岑、执勤巡警还是他们全部包括在内。也许她说的是整个俄罗斯内务部。

"大家刚刚坐下……哇哦，如果这种事发生在埃里温，第二天我就叫他看不见自己的肩章。我告诉他，你想干吗，我发誓……"

"妈，你快走吧！"儿子对着老太太大吼。

但节日的气氛一经被彻底破坏，这个节已经没啥过头儿了。有人马上起身离开了，有人还在行前喝了最后一杯。大家都异口同声地说，家里有孩子，明天得早起，等等……

"早起什么早起，瞎扯！明天过节呀！"亚瑟一脸假笑，试图留住朋友们，但他装得太不自然了，"吃点羊肉串……吃点多尔马再走吧……"

但客人们还是开车走了，邻居们也各自回了家。

双簧管演奏员和妻子安娜又在电视机屏幕放出的蓝光中玩着转让傻瓜的游戏——只能用黑桃压黑桃；宇航员一家已经睡

了；多尔玛尼昂老太太、安热拉和亚瑟的妻子尼娜在收拾餐桌上的杯盘，尼娜甚至哭了，眼泪滴滴答答落在一盘没吃完的萨齐维①里。

亚瑟坐在客厅的电视机前喝着酒，摇晃着脑袋，牙齿咬得咯咯响。

"不，这个该死的公山羊。"他一脸愁容，自言自语道。"耻辱，耻辱，真丢人，耻辱……把我的客人都赶走了……这么好的一个节日让他给毁了……大家都还没吃羊肉串呢，啊呀呀……一口多尔马都没吃呢……这只臭山羊，死山羊，所有的俄罗斯人全是该死的山羊……妈！"他大叫道，"给我拿点下酒菜，还有多尔马。你们这群女人，快摆桌子，我们来过年！……我们一家人自己过，还要祭奠老爸呢……"

那只山羊这会儿正躺在床上，额头上放着一块冷毛巾。他有些发癔症：他强忍着眼泪，不时地叫上几声，牙齿打战，身体一阵阵发冷。

"今天我要是打中了人，我的妈呀……我就得被关起来。是的，赫莉，我得蹲大牢，是吧？"

"是，如果你再瞎蹦跶，再喝酒，真的就得被关进去了。"普季岑太太一边不停地换着丈夫头上的毛巾来降温，一边安慰他。

"那你会给我送牢饭吗，啊，赫莉？"他突然撑着手肘挺起身子来，两眼空洞地望向房间的深处。"在号子里我会被弄死的，我知道……他们会趁我睡在大板床上的时候用刀子弄死

---

① 萨齐维是一种味道辛辣的格鲁吉亚菜，主要原料是鸡、鸭等家禽。

我。没人喜欢我们，监狱里的那帮人更是恨死我们了！要知道我们是雷子……我们……怎么办呢……"他哭了起来，鼻涕、眼泪流了满脸，对自己和自己的工作表示出无比的痛惜，"到时候我就这么躺着，一个可怜的死人，躺在棺材里，只有我的小胡子，我的小胡子还和现在一样……"

当小楼里发生的一切都平息了，村子里家家的灯光都熄灭了，只有街道尽头那个孤独的灯笼发出昏暗的光，仿佛也因过节而稍有醉意。这时喝得烂醉的亚美尼亚人亚瑟拎着一支小口径的步枪来到自己的台阶上。

"哎——，你们这群该死的猪！"他在严寒的深夜大喊起来，"现在我就把你们一个个都弄死！"

随后暗夜里响起了一阵枪声，而且听得出是毫不犹豫的一通齐射。"出来呀，你们这些俄罗斯蠢猪，你们干吗藏在家里！这地方没你们的份儿，有我们的！"

亚瑟的表兄卡连、姐姐安热拉以及妻子尼娜都安静、温柔地用手安抚他，就像安抚一位生病的苏丹。之后大家小心地把他拉进卧室，他倒在床上就鼾声大作，弄得女人们都没法给他脱掉衣服……

新年第一缕美好的曙光重又照耀在过去苏联多民族国家的这片土地上，克里姆林宫塔楼上的红宝石五角星依然闪耀，双簧管演奏员家的客厅中基座固定不稳的枞树顶端的那颗鲜红的五角星也在各色小彩灯的闪烁中放射着暗淡的光。

第十章

1

　　一月末的一天，双簧管演奏员又梦见了他和母亲生活在同一个屋檐下。他梦到，他仿佛躺在一张很窄的小床上，风吹在他身上。他旁观自己，知道自己梦回童年。妈妈悄悄地走到他身边，俯下身，小声说：

　　"起床了，科斯吉克，已经晚了，上学要迟到了……"

　　他明白，妈妈说的是音乐学校。的确，每当想起这些他都很激动。是的，他要迟到了，迟到了，得快一点，跑步，快……突然他醒了过来，发现自己独自一人在小楼的书房里。这是冬日一个没有阳光的日子，暗淡的晨光透过紫红色窗帘投射进来，风从窗缝中吹进屋里，空气中有一股昨天抽过的烟草的味道。他穿着睡衣走下楼梯，喝了杯果汁，从烟盒中抽出一根烟点上，一屁股坐在客厅的凳子上。他想，他之所以做了刚才那个梦只不过是因为他想工作了。

　　这个想法让他为之一振，仿佛有什么力量推了他一把似的。天啊，最近几个月他过了多少浑浑噩噩的日子啊……马上要二月份了，很快春天就到来了，然后就是巴勒贝克音乐节，可不能丢脸啊——以后很多事情都取决于这个二月。首先是以后的合同、巡回演出项目等等……他感觉自己在最近一段时间身心俱疲，所以就没工作……巴勒贝克，古代腓尼基人的首都，全世界双簧管演奏家的麦加。腓尼基人献给巴力大神的祭品都是年幼的孩子，这些孩子均来自贵族之家，也就是说，与俄罗斯人不同，古代腓尼基人的规则更有责任感和荣誉感，更能意识到自己服务人民的责任：据说，贵族的孩子味道比较香……献祭的过程有音乐伴奏，一般是吹奏古老的木笛，木笛上的簧片就像他手里的双簧管上的一样，竖琴和铃鼓在一旁伴奏……

一般不十分成熟稳重的人常常会这样：在没什么高兴的事情发生，也没收到什么好消息的情况下，离春天还有段距离，现在一月还没结束呢——但不知为什么就在今天这个早晨他感到了一股力量……他站在淋浴喷头下，傻乎乎地确定：劳动和日子、诗歌和真理、往昔与思考——一切都在兹韦尼戈罗德的一座四百平方米的小楼里，必需的……

最近他内心平静了下来，安娜一周回家一次，拿点东西，熨熨衬衫，和他用扑克牌玩一玩转让傻瓜的游戏，然后就离开了，根本不在家过夜。叶莲娜一直病着，双簧管演奏员经常给她的女儿打电话，虽然经常找不到人。她总是例行公事似的敷衍：我妈妈好些了，是的，也许很快，医生也说不准……电话一天到晚安静着，就像被埋到了地下一般。但这倒不能令双簧管演奏员感到不安，因为这部电话的号码他只给了单位的领导，而他自己从不给别人打电话。他只是在等经纪人确定出发的日期——他估算应该是在四月中旬,那样他就能在巴勒贝克庆祝自己的生日了。

出发前一个月必须和自己的同伴很密集地排练参演音乐节的曲目,这些曲目在西班牙巡回演出之后就一直荒着……

他试吹了一组瓦格纳的双簧管曲,起初是独奏,之后乐队来和。他有一盘用于练习的伴奏带,里面的曲子中专门将双簧管的声音处理掉了,但是他吹得很糟。午后突然刮起了暴风雪,狂风将周围简陋房屋顶上的雪卷起,在空中打转;阳台门下面的缝隙也被细小的雪粒封住。双簧管演奏员体验到了一种奇怪的飞升的感觉——这是一种孤独的倦怠、电壁炉散发出的热气、白兰地的温热、沉甸甸的大肚子水杯中的浓茶混合在一起的感觉,但只有二月的大风猛烈地吹着房子、窗子,摇动着它们,把室外的排水管弄得嘎嘎直响。某个瞬间双簧管演奏员突然感到了自己,感觉自己仿佛盯着墙纸上的一个黑点,视而不见地陷入了沉思。他所能感觉到的只有自己的瞳孔在不停地抖动,而一种甜蜜感正出现在这注意力模糊的时刻。他突然感觉到他仿佛重又出现在了看到蝴蝶,但是醒过来却什么都没有的那个地方……他多么希望生活在这半梦半醒中,在他手拿双簧管、窗外弥天的风雪大作、屋内充满温暖的时刻里延续,一直延续,没有思想,没有欲望,孤独而宁静地延续下去……

于是他几乎是无声地低语道:多想像椋鸟般虚度这一生①。他从年轻时期就酷爱曼德尔施塔姆的诗句。

乐队经理在下午三点时打来了电话,他像往常一样半

---

① 出自曼德尔施塔姆的诗《我们在一起是多么可怕》(1930)。

醉着。

"坏消息，科斯佳。他们回复了。"

"怎么了？"双簧管演奏员无精打采地问，顺手把茶杯放在桌子上。

"拉蒙说，节目单已经满了。他还说，俄罗斯人总是提出让人发疯的要求，说他不能每一次都给我们支付路费，而且演奏穆索尔斯基你还得带一个弹钢琴的……你知道一张到贝鲁特的机票多少钱吗？非常贵，科斯佳，我们拿不出那笔钱。"

"是拿不出。"双簧管演奏员表示同意。

"他们不喜欢我们，科斯佳，这才是原因所在，他们害怕我们。因为我们演奏得比别人都好，而且不仅仅是演奏我们的柴可夫斯基比别人好，我们都……"

"打电话告诉大家这个消息吧。"双簧管演奏员打断他，随即挂断了电话。

2

福无双至，祸不单行。一切都不顺利，就像乘雪橇从山顶下滑一般，坏消息一件接着一件。

给他们灌制最新光盘的公司拒绝继续出版，按公司的说法就是，光盘销得不好。但科斯佳知道，在正规商店里根本找不到这张碟……这帮小偷、骗子，他们为了不支付费用，私下里自己偷偷灌制，但却抓不住他们的现行……现在的情况是，如果他们不能提供最少一半的新素材，公司就拒绝和他们签订新的合同，拒绝先期垫款，但他们五重奏小组目前没有这样的新曲子。科斯佳在美国订了一份乐谱，是以爵士乐的形式演绎维瓦尔第、亨德尔、海顿、莫扎特作品片段的组合，现在只需要把合成的这个谱子插进他们双簧管、长笛、黑管、巴松和圆号五重奏组合的演出总谱中就可以了——这个谱子即使在欧洲也别想搞得到。但谱子却不知被哪里卡住了，所以暂时还没拿到手，而且飞往黎巴嫩的机票需要约两千美金……但如果这一切他都做到了，而且一切都很顺利的话，那么他们在俄罗斯就是第一……

钱已经快用光了。

组合当中的各位都在各处挣外快，得尽快把他们叫回来排练。圆号手歇斯底里地大闹了一番：小伙子在一家格鲁吉亚餐厅演奏，餐厅雇他是为了让他用亨德尔①吓走那些成天来白吃白喝的家伙和他们的女伴。小伙子的钱挣得非常得体，因为一部分家伙忍受不了让他们极其难受的声音，真的走掉了；但另一部分人来晚了，其中有一位甚至还预定了一晚上演奏三首阿尔比诺尼②，为此提前支付了一百美金，圆号手很是开心。不仅如此，小伙子还和内部管理员谈起了恋爱，他当然告诉了科斯佳。他还无耻地要求将他的劳务费提高一倍。这真是像猪一样无耻，如果不是科斯佳把他从音乐厅最黑暗的角落里拉出来，甚至还为他有生以来第一次出国演出买了晚礼服，他哪有

---

① 乔治·亨德尔（1685—1759），英籍德国作曲家。
② 托马索·奇奥凡尼·阿尔比诺尼（1671—1751），意大利巴洛克时代的作曲家、小提琴大师。

今天。现在必须再找一个圆号手……

就在这时,叶莲娜突然打来了电话,他高兴得一时竟忘了问她是从哪里打过来的,一个劲儿地重复:你回家了,你回家了……

"我只能跟你说一秒钟,"叶莲娜压抑地说,"你快来,我跟他们说好了,他们可以放我出去散步五分钟……"说完就挂断了电话。

他知道医院的地址——在麻雀山上。他决定明天再去,但汽车却怎么都发动不起来了:他已经一个星期没动车子了,要么是电池没电了,要么就是汽油变稠了,要么就是发动机出问题了。双簧管演奏员决定乘电气火车去。在从家到车站的三公里路上他简直冻坏了,因为他没穿靴子,只穿了双单皮鞋。电气火车就在他眼皮底下开走了,下一班还要等一个多小时。好在车站里有一个小吃店,提供伏特加和散发着一股子恶心机油味的油炸糕。服务员给他往塑料杯里倒了150毫升伏特加。当他习惯性地一口喝下去的时候,他差点儿吐出来:伏特加臭乎乎的,一股勾兑味和铁锈味。他强迫自己咽下了这口恶心的劣酒,忙咬了一口油炸糕,感到一阵悲哀。他走进冷飕飕的小铺子,坐了下来,随手拿起一份这里售卖的唯一的报纸《莫斯科共青团员报》看了起来。

对于这家出版机构他一直都很反感,特别是他在报纸各版的广告栏里不断看到"忧伤去死,读我们的报纸"的广告时。临死之时读这份报纸那才是真正的忧伤,它会让你看到最可怕的情景……

他的对面坐着一个约莫三十岁的小伙子，不停地将身子歪向侧面，然后他突然一抖，肩膀抽动，弯下腰，开始向瓷砖地面吐痰。双簧管演奏员赶忙躲开了。

火车终于来了，车厢里很空。虽然有很多空位置，一个不怎么漂亮的女孩却坐到了科斯佳的对面。女孩又高又大，身材不是丰满，而是巨大，穿了一条不合时令的艳粉色裤子。但她的举止倒很安静，坐下后马上拿出一本用报纸包了书皮的书看了起来，还不住地用水笔在书页上写写画画。她的脸上粉红色的青春痘油光光的。一时间好奇的双簧管演奏员欠了欠身子，看了一眼那本书，原来是一本福音书。

3

在白俄罗斯火车站的一个角落里，他买了一束玫瑰，很奢侈的一束，在食品店又买了些水果、昂贵的奶酪和糖果……然后打了辆出租车，很快就到了医院。

门卫室站着两位身穿迷彩服的士兵。当然，他们是不会放他进去的。他费了好一番口舌才允许他打个内部电话进去。他在各种号码中找了好半天才找到叶莲娜住的那个科室。铃声响了很久却无人接听，最后电话转到了值班护士那里，但护士的话却怪怪的。

一开始护士要问清楚是谁。双簧管演奏员撒了个谎，说他是叶莲娜电视台的同事，他们听说叶莲娜好些了，还允许她出来散散步，所以同事们托他给叶莲娜带点东西……

"这就怪了,"护士很明显并不相信,"病人已经离职了,你们都不知道吗?她的残疾证很快就办好了。"

"我不能见见她吗?"科斯佳大喊起来,听到这些他感到阵阵恐惧,全身无力。

"这不可能。"电话那头压低了声音说道,"她哪儿都出不去,散步更是无从谈起。"

"哦,但是她昨天给我打电话,说……"

听筒那边的声音一下子变得强硬,然后一字一顿地说:

"她根本不可能给您打电话!您一定是弄错了。"

双簧管演奏员意识到说错话了。

"哦不,是她女儿打给我的,转达了她的话……"

"您想干什么,公民?"

"好吧,"双簧管演奏员强忍着说,"您能否把她叫来听个电话?"

电话里沉默了一会儿。

"不,不行。"

"为什么,她不就在您旁边不远的病房吗!"双簧管演奏员的语气里满是祈求。

"她不能从病房里出来。"

"她病了?"

他感到电话听筒里传来了一声短暂的轻笑,一阵停顿之后,护士说:

"您认为我们看的都是健康人吗?"

"不,我不是这个意思……我是想问……也许,她不舒服,或者她感冒了……"

"她没感冒。在我们这儿的病人不会感冒的,我们一直都监控病人的身体状况。"

"那我能把东西转交给她吗?一点小礼物……鲜花、水果之类的……"

"您又不是她的亲属,再说,她在这儿什么都不缺。"

"要不您跟她说一声有人来看过她了,可以吗?请告诉她,我来过,我叫康斯坦丁,对她来说这很重要……"

"我什么都不能转告她。"

"那为什么?!"科斯佳哀求道。

"她正在受罚。"

"怎么,在受罚?"

"因为破坏规矩受罚。"护士的语速突然变得很快,像在吵架,"她总是跟医生争执,还哭个不停……试图从病房里跑出去……不守规矩……她怎么,不想治疗了吗?……她真是一个非常非常难弄的病人。"说完她挂断了电话。

天啊,天啊,双簧管演奏员不停地念叨着,感觉双手发冷,在不停地颤抖。天啊,我可怜的女孩!她没对任何人做任何坏事,为什么要让她受这样的折磨?我可怜、可怜、温柔的女孩,我能为你做些什么呢?

4

他茫无目的地踟蹰在大街上,腋下夹着那束玫瑰,装食物的拎袋从一只手换到另一只手上。旁边有一家小酒馆，他随即拐了进去。酒馆里乌烟瘴气，臭烘烘的。空腹一饮而尽的一杯伏特加和厨房里飘来的难闻气味让他一阵阵地恶心，想一想食物都觉得难受。

天渐渐黑了下来，有的街区亮起了路灯，有的还没有。对于科斯佳的神经来说，莫斯科冬日最难熬的时候——分不清是狼还是狗的黄昏时分——到了。

"商店，我该去哪儿呢？"他想，于是决定去尼基塔门过夜，现在他已经不再说尼基塔门这个家了。

走进公寓之前，他都会像从前那样找个附近的小酒馆先坐坐，就是想晚一点回去，和安娜见面的时间可以尽量少一些。他叫了辆出租车，来到尼基塔门，在家对面的那幢楼下——那里没有家，有的只是一幢楼——他走进了一家小小的韩国咖啡厅，店主和他很熟悉，他是一位狂热的斯巴达克足球队的球迷。双簧管演奏员平常总是尽力维持二人的交谈，虽然他对足球可以说是一窍不通，不知道任何一位球员的姓名，但却仿佛很有感觉地随声附和，不停地对店主的意见点头称是。他时而还会自问一些毫无意义的问题，如球迷为什么是这个俱乐部的"粉丝"，而不是另一个俱乐部的，球迷甚至知道替补队员、教练、队医姓甚名谁。他也知道乐队里替补的吹奏师是谁，但这是他的职业……在这样毫无理性的思考中他找到了这个小酒馆，也认识了它的主人。

服务员瓦列奇卡是从图拉州来莫斯科的外来妹，吧台上方的架子上有一台韩国组装的日本电视机在播着节目。双簧管演奏员坐到自己一贯坐的角落里的位置上，第一件事就是把玫瑰送给瓦莉娅。

"送给我的？噢，真是太高级了！我男朋友也从没送过我这样……"

"谁是你男朋友？"不知为什么双簧管演奏员随口问了一句。

"是瓦西卡……他在基地工作……"随后又骄傲地补充道："我们很快就要结婚了！……您来点龙舌兰吗？"

"如果有的话……你是怎么猜到的？"

"康斯坦丁·鲍里索维奇，您不每次都这样嘛……"

瓦列奇卡将龙舌兰倒在一只细长颈的玻璃瓶里端了过来，双簧管演奏员微微地窃笑了一下：他们总是在这种瓶子里掺水。于是就不紧不慢一杯接一杯地就着柠檬和盐喝掉了三百毫升，然后要了一份韩国面条——很像拉面，瓦莉娅给他拿来了一只大海碗，还有加了调味料的一壶绿茶。

"再来二百毫升，"他叫道，"只是，瓦莉娅，给我拿纯的，老客人喝的那种。"

"好的。"瓦列恩卡脸都不红地回答。

五百毫升——这是他平常的量，如果有小菜的话。

5

他突然发现，自己从电梯里走出来，脚步就放轻了。他犹豫了片刻：是直接开门还是按门铃呢？他贴近大门，仔细地听着。房内安娜不是一个人,可能是和自己的女友在一起,因为另一个声音也是女人的。他还是决定按门铃。

"你不是有钥匙嘛!"安娜打开门,也没打招呼,第一句话就这样说,然后一副按规矩办事的架势把面颊伸了过来。他亲了一下,把手中的食品袋递给她。"今天可真是新鲜啊?"安娜一边不无讽刺地说,一边朝袋子里望了一眼。虽然这根本不是什么新鲜事,因为双簧管演奏员来这个家从来不空手。安娜是说给客人听的。

双簧管演奏员在客厅里看到了惊喜:在放着香槟、糖果和水果的餐桌后面坐着的不是别人,而是他双簧管演奏员的录音师。她的名字很搞笑——阿里阿德娜·列季金娜,但平常大家都叫她娜季卡。这是一个三个人都围抱不过来的粗胖娘们儿,没丈夫,没孩子,但关于她没完没了的荒唐浪漫史,单位里却流传着很多开心段子。而且,她这人也没什么心计,常常对那些八卦的人说:你们听着,昨天他到我那里去……你动起来呀!太棒了……听的人真的就动起来了。

看到娜季卡和安娜在一起,双簧管演奏员很是吃惊。他想,他从来没有介绍她们认识,她怎么会在这里?

"没想到吧?"安娜说,骄傲地坐回到自己的位置。

"有点。"双簧管演奏员站在原地说。

看得出娜季卡有些不好意思,她满脸通红地站起身,很显然不知道是否该向双簧管演奏员伸出手。

安娜还不一定说了我多少坏话呢,一个念头在双簧管演奏员脑海里一闪而过。

"好吧，姑娘们，我回自己屋，不打扰你们了。"他咕哝着，也没向娜季卡伸手。他感觉自己就像个陷入包围的士兵，于是向书房走去——谁也没拦他，随手关上了门……是啊，光说我的坏话倒也不算什么，但这只母狗肯定会把我平常说别人的话告诉娜季卡。有什么办法呢？这是对违反"不要抵毁他人"戒律的最公正的惩罚。

他躺在自己的沙发椅上，不自觉地听着外面的声音。娜季卡小声地咕哝什么我得走了、不方便之类的话，安娜像往常一样热情得有些夸张，极力挽留她。

终于阿里阿德娜准备走了。安娜送走她，回来朝书房里瞥了一眼。双簧管演奏员侧身躺着，发出轻轻的鼾声。

"你没睡着。"安娜肯定地说。

"是的。"双簧管演奏员回答。

安娜停了一会儿，但丈夫什么也没问。

"是娜杰日塔自己打电话来的……"

"阿里阿德娜，她打给谁？"

"当然是打给你……"

"她有我的手机号码……"

"那我就不知道了。也许她认为你在城里……她打来电话，我就邀请她来家喝杯咖啡……"

"你邀请陌生人到家里来？"

"不对，"安娜以她一贯的倔强语气反驳道，"在一次你的碟片推介会上你介绍我们认识的……我干吗什么事都要向你汇报？我们在电话里聊得很开心，所以我就邀请她来了……"

"你们聊什么了？"双簧管演奏员语气疲惫地问道。对妻子的愤怒已经让他难以忍受，她凭什么结交他的同事、他的老板，她不好好管管自己的事情，却跑来干涉他的职业生活！

"没什么，都是些女人的话题。"安娜边说边急忙关上了屋门。

双簧管演奏员明白，这只是一个试探球，接下来她准会到处给熟人打电话，破口大骂他是畜生，并向全世界证明她依然是他的妻子，她有权……

第二天清晨他一早就醒来了，直接从安娜留在客厅的香槟酒瓶里喝了一口。当卧室里传出妻子骄纵的声音时，他正在过道里穿衣服：

"是永别吗？啊？"

天啊，这种表达方式可真够白痴的！

"回见！"双簧管演奏员说完，出了房门走了。

皮夹子里都没有打出租车的钱，从家出来的时候带得太少了。双簧管演奏员沿着特维尔林荫道一直走到特维尔大街，就想透透气，然后乘上无轨电车来到了白俄罗斯火车站。在等待去郊外的电气火车的当儿，他实在忍不住喝了罐啤酒，除此之外这里也没什么可喝的了。终于他进了冷飕飕的车厢……就是在这列火车上，他和他——斯维纳戈尔——相识了。

第十一章

1

　　一个年轻人坐在双簧管演奏员对面的窗边，奇装异服。他身穿一件很体面的棕红色大衣，很长，像是骆驼毛的，只是很皱，深色的衬里带有白色的花纹：之所以看得见大衣衬里，是因为小伙子懒洋洋地坐着，搭着二郎腿。脖子上缠着彩虹色意大利产羊毛围巾，围巾下露出光秃秃没有体毛的胸脯，好像大衣里只穿了件背心似的。下身是一条夏天穿的松松垮垮的绿色裤子，一只裤腿胡乱地塞在短靴里，双簧管演奏员年轻的时候人们称这种短靴为马丁靴。头上戴着一顶淡紫又带点苔藓颜色的丝绒宽边帽，长长的干草色头发乱蓬蓬地竖着，戴着墨镜，最廉价的墨镜，这一点科斯佳很清楚。乘客从眼镜的上方扫视着车厢，直到将目光停在了双簧管演奏员的身上。"这个外省的小丑，"双簧管演奏员心想，"没准是这个小城里最讲究穿戴的……看着更像个抢劫的，就像他们称呼的那样，叫'哥们儿'。"

　　于是双簧管演奏员对着直勾勾看着他讲究衣品的家伙挤了

一下眼睛。他挤眼睛是想暗示他，他不怕他。但其实他心里怕极了。一次在巴黎，当他深夜走出酒吧的时候，两个黑人扑上来袭击他，当时他的兜里揣着全团同事的劳务费。当其中一个黑人把匕首抵在他肚子上的时候，要不是想到全团同事，他肯定就吓坏了。但当时他想，他该怎么跟自己的伙伴们说啊，顿时他像一头猛虎般扑向黑人。那两个黑小子大概以为他们面对的是个神经病，其实他们只想要20法郎，于是撒腿就跑……

双簧管演奏员的右眼不会做那个挤的动作，而左眼迅速的闭合、使眼色以及面颊的快速抽动竟和他自己开了一个玩笑，引发了后续一连串的事件，这是当时他无论如何也预见不到的。

年轻人仿佛正是在等什么信号，于是一屁股坐到了正对着双簧管演奏员的座位上，两人膝盖相对。*也许，这会儿他就该悄悄地给我看他手里的匕首了……*看着对方不自然的、吊儿郎当的样子，双簧管演奏员的结论就是，眼前的这个人一定是个小偷，而且是刚从局子里放出来的小偷；也很可能是一个倒霉的同性恋，是被别人强迫的那一方；是个扒手，是一个在号子里偷人家床头柜的扒手——就这样双簧管演奏员尽情地发挥着想象。小伙子身上还真有某种被鸡奸的特征。但是他却用相当低沉的——不管有多怪——被压抑的声音说道："请先生海涵！但在车厢这个车轮上的小隔间里如果没有一位随行的同路人那真是……孤独啊。"双簧管演奏员对小偷用语的老派和准确感到吃惊，的确，*他们很喜欢文绉绉的情调*。"请——请问，如何称——称呼您？"

"露馅儿了,"双簧管演奏员脑海中一个念头一闪,"这个贼还想装成知识分子。"

"康斯坦丁,可以叫我科斯佳。"他说,"您呢,请问贵姓?"

"噢,我一眼就看出您是一位知识分子!现在知识分子乘电气小火车已经很稀罕了,大家都有私家车……"他一眼捕捉到双簧管演奏员脸上的表情,忙补充道,"斯维纳戈尔,我姓斯维纳戈尔。"

"您姓什么?"双簧管演奏员追问了一句,*好滑稽的姓*。

"斯维纳连柯-戈列茨基,简称为斯维纳戈尔,我们工作室的朋友们都这么叫我……"

"啊哈,是工作室里用的姓……"

"我是位演员。"

"是话剧演员?"双簧管演奏员小心地问,"或者,是音乐工作室?"

"是的,是的,是话剧工作室……但我也唱歌,如果角色需要的话。其实我们那儿所有的演员都唱……能问问您是做什么工作的吗?"

"我做的刚好是音乐工作。"双簧管演奏员一边回答,一边暗自生自己的气,干吗要持续如此愚蠢的谈话。

"噢,您也是位演员吗!"斯维纳戈尔格外热情地惊呼。

也是就意味着还不错,这个念头闪过双簧管演奏员的脑海。这时对方突然从座位上猛地欠起身子,向双簧管演奏员伸出一只手。除了和这个怪怪的年轻人握手之外,双簧管演奏员没别的办法。

"您干吗抓住不放？也许我是乐队里的领导，也许只是个乐谱誊写员？"

"噢，不！不！是因为您的手。"斯维纳戈尔热情地说，"是因为您的手指……噢，不！您是一位音乐家！"

"是的，我是音乐工作者。"双簧管演奏员叹了口气说道，感觉自己在傻乐。

"您弹什么乐器？……请原谅我提的问题……但我自己也……虽然不怎么好，当然……小的时候我学过……小提琴……"

"我吹双簧管。"想起自己童年学琴的经历，双簧管演奏员没有隐瞒，以异样的眼光看了看这个不期而遇的小伙子，然后他又加了一句，"有什么用呢，没劲。"

"但双簧管可是所有管乐器中的贵族啊，也包括弦乐器……"

听了这话，双簧管演奏员不禁颤抖了一下，他目不转睛地盯着对方。如果他是个地下工作者，他一定会想到，这个斯维纳戈尔是专门被秘密派遣到他身边的。但他不是地下工作者，而他的对话人这时很自然地甚至有些不好意思地在微笑着。

"对，"双簧管演奏员含糊地接口，"双簧管是一种古老的乐器……如果不是什么秘密，能问问您现在在哪里供职吗？"

斯维纳戈尔脸色阴沉起来。

"不是供职，是供过职……而且是在许多剧院。我是从刻赤到沃洛格达去，您还记得在奥斯特洛夫斯基笔下……我是个外省演员，而且是涅夏斯利夫采夫①……我最后一个供职的地点在特维尔，特维尔的青年剧院……但这真的很无聊……"

双簧管演奏员明白了，这个旅伴年轻的外表是骗人的，他的皱纹已清晰可见，只是好像脸上涂过遮瑕粉，而且眼睛通红，嘴唇上现出苦涩。如果不出意外，斯维纳戈尔应该有30多岁了。

"请问，您这是去哪儿啊？"双簧管演奏员小心地问道，尽量让语气听上去优雅有礼貌。

"就是啊，我这是要去哪里呢？"斯维纳戈尔像演戏似的举着双手说道，"连我自己都不知道……我就像一片枯叶般被艰难的生活裹挟着。这样，前面的小城里有我一个老朋友……但不知道他欢不欢迎我。"

他马上就要哭出来了。双簧管演奏员这时才发现斯维纳戈尔一开始坐的那个座位上方的行李架上有一个旅行包，被孤零零地放在那里。

"没事，没事，那您去我家里做客吧。"双簧管演奏员自己都没想到会说出这样一个建议，像着了魔似的……

就这样，斯维纳戈尔从此成了 MK 村小楼里的房客。母鸡还是在臭水坑里觅食，野猫还是满身长癞，周围简陋的房子里依然时常会传出夫妻打架的声音。双簧管演奏员的邻居们都

---

① 俄罗斯19世纪剧作家尼·奥斯特洛夫斯基曾创作过一部话剧，名为《森林》，主人公之一就叫涅夏斯利夫采夫，意为"不幸的人"。"我是从刻赤到沃洛格达"这句就是这部戏中涅夏斯利夫采夫的一句台词。刻赤是乌克兰城市。斯维纳戈尔之所以说了这句台词，是因为他想告诉双簧管演奏员，第一他很不幸，第二他是乌克兰人。但当时双簧管演奏员并未听出这句话背后的潜台词。

过着自己习以为常的生活,只是突然出现了斯维纳戈尔,当然,是暂时的。

2

"你的家可真漂亮!"斯维纳戈尔将旅行袋扔在门厅的挂钩下面,还没跨进客厅,他就伸长了脖子到处看,"哇,还有那么多画!还有书!"

感觉得到,他很惊讶。也许,他一开始感觉双簧管演奏员是他的同类,一个演员、浪漫的艺术家、吉普赛人,就认为他的住所一定不过是间宿舍,或者一间陋室,肯定乱得一团糟,结果看到的却是一个体面的家。客厅的地面铺着地毯,窗帘用白色的编织绑带扎着,小餐厅很漂亮,矮桌边还放着一把皮质扶手椅。双簧管演奏员早就不再像童年时那样对物质无所谓了,而是早就过起了很富裕的生活:他的家里什么都不缺。斯维纳戈尔各处转悠了一会儿,迟疑了一下就要求喝一杯。双簧管演奏员给他倒了半杯杜松子酒,问道:

"加点儿托尼克①吗?"

"如果可以的话……这是杜松子酒……哎呀,多给我来点儿!"他发了句嗲,就一小口一小口很享受地把酒喝了下去,很快他的双眼就有些迷离了。

"您结婚了吗?"他身体晃了一下问道。

---

① 托尼克是一种味道酸苦的汽水,不含酒精,常用来稀释烈酒或调制鸡尾酒。

"结过,"双簧管演奏员说完,立即对自己的回答感到惊讶:他干吗要撒谎呢?"是,我有妻子,她叫安娜。"

"有孩子吗?"斯维纳戈尔接着又问。

"有孩子!"双簧管演奏员有些生气了。这时斯维纳戈尔开始脱自己脚上的马丁靴,一股子像干牛肝菌的味道传来。"你不想洗个澡吗?"不知为什么他的称呼变成了"你"。

"哦,太好了!"斯维纳戈尔叫道,还很老实地补充了一句,"我已经很久没洗澡了。"

双簧管演奏员什么也没说。斯维纳戈尔钻进了浴室,但半分钟之后又钻出脑袋,问:

"这儿这么多瓶瓶罐罐的……"

"你要用什么就拿什么,毛巾在矮柜里。"

斯维纳戈尔的脑袋缩了回去,只有那个旅行袋还留在挂钩下面。

"他应该带干净袜子了吧。"双簧管演奏员想,但并没有动手去翻人家的包。看到双簧管演奏员充满疑惑的目光,斯维纳戈尔忙扭着屁股穿过客厅,然后在扶手椅上坐下来,很优雅地半靠在靠垫上。他仿佛不经意地拽了一下浴衣,露出大腿,然后一条腿搭在另一条腿上面,问:

"怎么样,漂亮吗?您觉得,我的腿漂亮吗,康斯坦丁?"

"很漂亮!"双簧管演奏员没好气地回应道,"你,去厨房,给自己倒杯咖啡,然后做两个三明治拿来。冰箱里有一罐红鱼子酱。"

"噢,我最喜欢鱼子酱了!如果再有点香槟就更好了……"

他用询问的眼光看着杜松子酒瓶,"康斯坦丁,你干吗不祝我洗浴愉快!"

"你快去吧!"双簧管演奏员打断他的话,他决定不跟这位客人客套,否则,很显然,那个家伙很快就会骑到他头上来。

"哦不,你们看到了吗?"斯维纳戈尔对着想象的听众们说,"人们就是这样对待斯维纳连柯-戈列茨基的!"说完就去厨房了。

3

他们就这样一起生活了。

双簧管演奏员总是剥削斯维纳戈尔——用他的话说,这是为了"培养他的条理性":他让他做饭,洗碗,擦书房各处的灰尘,把脏衣服扔进洗衣机。很奇怪的一件事是,斯维纳戈尔很喜欢叠衣服:每当用手抚平双簧管演奏员的背心和衬衫时,甚至是带有护裆的短裤时,他都会兴奋莫名。他总是很仔细、很温柔地去抚平它们。但科斯佳从来都是自己进城买食品——斯维纳戈尔不愿意出门。双簧管演奏员始终牢记叶莲娜的教导,如果离家去莫斯科,一定要把酒锁在自己的书房里。其他时候他真的并不歧视斯维纳戈尔,而且那位喝得真的也不多,而且一喝就醉,酒量不行。只是喝醉了就会像孩子一样捣蛋,调皮,会藏在柜子里、躲在窗帘后跟双簧管演奏员躲猫猫。一次他还想吹双簧管,结果被一把揪到了一边。他跳舞跳得还凑合,没人的时候他常常在客厅里旋转;他还会唱几首法文歌曲——但唱的也就是凑合，因为有口音：斯维纳戈尔的听力很好，嗓音不高。斯维纳戈尔玩的时候不疯，也会顾及别人，这让双簧管演奏员感觉很好。他总是开开心心的，而且总体上很有礼貌。有时也很机智，很搞笑。比如，双簧管演奏员请他抽一支维吉尼亚牌香烟，斯维纳戈尔看看烟盒，将烟盒侧面的小字读出来——菲利普·莫里斯授权俄罗斯制造。然后他若有所思地说：如果是杜卡特厂未经授权便生产了，那么烟名大概就得叫采尔卡了①。他甚至能够用英语说双关语。

傍晚时分，经常会出现这样有些忧伤的情景：双簧管演奏员在练习，而斯维纳戈尔得到允许待在书房。他像一只小老鼠般坐在科斯佳背后的沙发里——他在楼下睡觉，在客厅里。斯维纳戈尔听着科斯佳的钢琴声，一只手拿着一本摊开的书，一只手在打拍子，仿佛在悄悄地指挥。有时他会突然问：康斯坦丁，您最喜欢哪个音乐家？

于是双簧管演奏员就说给他听：俄罗斯音乐家中他喜欢柴可夫斯基、斯特拉文斯基，还有穆索尔斯基，特别是穆索尔斯基，他喜欢这种性格执着恣意的人——胡吃海塞一生之后，就消失于涅瓦河中。但音乐却留下了。穆索尔斯基是无法复制的。突然他生气自己怎么扯到这些上面来，排练中断了：*别捣乱*。

---

① 这里其实是个文字游戏。"维吉尼亚"（Вирджиния）这个词源于拉丁语 virgin，意思是"处女的""童真的""贞洁的"；"杜卡特"本是西欧某些国家古钱币的名称，但在俄语中它还有"处女"的戏谑用意，属于黑话。"采尔卡"（целка）一词源于俄语形容词 целый，意思是"完整的""未被动过的"。斯维纳戈尔将"采尔卡"这个词用在这里，意思也是"处女"。

斯维纳戈尔读书非常多——这对于演员来说非常少见,而且他在科斯佳的藏书里找出了最奇葩的书,那都是很早以前在突击式的自学期间买的,双簧管演奏员早就忘记了它们的存在。但斯维纳戈尔却时不时地给科斯佳来一段最意想不到的文字。

"唉,你听啊……不,您听着就行了!"斯维纳戈尔突然叫道。然后声情并茂、端着演员的架子念道:"他是他们前行的精神和引领者。在开始工作之际,他将下层王国的火星分开,这些火星无不在自己光耀灿烂的居所中颤动。然后他用它们做成轮回之轮的雏形,并分别把它们放到空间的六个方向,一个放在正中间,这就是核心轮……"①

"这都是些什么乱七八糟的东西?"双簧管演奏员耸了耸肩说。

但是斯维纳戈尔却没停下来,接着读道:

"光明之子的军队排列在每一个角落,利比卡就在这个核心轮中……"

"谁?"

"我上哪儿知道去,您这个可笑的男人。别打断我……他们说……"

"是利比卡们说吗?"

"那还能有谁?他们说:很好,第一神界已经就绪,然后神之无形将通过湿婆之舞,即五方佛的第一道法衣体现

---

① 这段文字出自 19 世纪俄国著名神秘主义者 Е. П. 布拉瓦茨卡娅(1831—1891)的神秘学著作《宇宙的起源》。

出来……"

科斯佳拎起一只拖鞋,用力扔向斯维纳戈尔。

"哎,您怎么不重精神啊!……"

还有一次,斯维纳戈尔读了另一本书:

"哦,出身高贵的人啊,当不知安宁的因果之风带着你随处飘荡的时候,你那失去依托的理智便像一根被旋风飞卷的小小羽毛。你被裹挟着前行,你哭着说:我在这里,不要哭!但他们听不到,你就觉得:我是死的!于是痛苦又一次袭来①……科斯佳,写得多好啊……"眼泪顺着斯维纳戈尔的面颊流了下来。

双簧管演奏员说,斯维纳戈尔就会哭。

"就不能读点儿开心的?"

"可以啊,只是你得配合一下……"

"好的。"

"一切事物都是运动的,噢,阿斯克勒庇俄斯,那么一切不都是在某物中、被某物推动的吗?"他用询问的目光看了一眼双簧管演奏员。

"毫无疑问。"演奏员答道。

"太棒了。原文这里就是这样写的……继续。赫尔墨斯:被推动之物是否必定小于容纳运动的位置呢?……科斯佳,现在你是阿斯克勒庇俄斯。"②

---

① 这段文字出自索甲仁波切所著的《西藏生死书》。
② 这段文字出自古基督教时期一本重要的文献《赫姆提卡》中的《致阿斯克勒庇俄斯》。

"必定。"双簧管演奏员回答。

斯维纳戈尔兴奋得甚至鼓起了掌。

"推动者难道不比被推之物拥有更大的力量吗?"

"当然。"

"容纳被推之物的位置与被推之物二者的本质不应该相反吗?"

"是的,当然如此。"

"这个世界是如此之大,没有什么比它更广袤的了吧?"

"我同意这个观点。"

"它是密集的,因为它充满了……"突然间他改用祈求的语气说,"大叔,弄点白粉吧……别拒绝,大叔,我太想吸一口了……"

"你滚蛋!"

"哦,大叔,你和我在一起,你自己也可以抽两口……"

"我上哪儿给你弄去?"

"在那个小火车站有人卖……就在地下通道里……就在'伟大的无产者大街'旁边……"

"难道那里有人有?"

"就夹在胳肢窝下面……"

"没什么神奇的……你喝点伏特加就行了。"

"哦,不行,我不能喝,太烧得慌了……"

就在这时,电话铃响了起来。

"国外来的!"双簧管演奏员惊喜地叫道,他凭着铃声的长短判断出是国外来电。"大概是西班牙!"他一把抓起听筒。

"是你啊！从哪儿打来的？……啊，从尼斯打来的……哦，是我妻子，"他悄声对斯维纳戈尔说，"你在那儿搞什么鬼？啊，晒黑了？哦，是跟娜久什卡在一起，在尼斯光有娜久什卡也没意思啊……"

"你在家跟姑娘们玩得开心吧？"安娜又开始胡扯了。

"和小伙子们在一起。"

"你的列娜怎么样了？"

"见你的鬼去吧！"双簧管演奏员说完挂断了电话。

"见鬼！见鬼！"斯维纳戈尔拍着手跟着嚷道。

外面二月的暴风雪还在呼啸，大概这是最后一场大风雪了，三月就在眼前。最近又经常有穿得脏兮兮的士兵沿着公路朝银行家村走去：很显然，冬天工程暂时停工了，现在又准备重新开工。但出了一件怪事：一天晚上 9 点钟光景，双簧管演奏员家的门铃响了。门外是隔壁的老太太。借着过道里昏暗的灯光，双簧管演奏员在老人的脸上看到了很难得的温柔的表情。

"到我家来，给你看样东西。"老人诡秘地说，用一只满是皱纹的粗大的手招呼双簧管演奏员。他茫然地服从了。"叫上你的朋友。"她说。双簧管演奏员的脑袋里"不用叫斯维纳戈尔"的念头那么一闪，但他还是叫上他了……

老太太把他俩请进客厅，领到一张很大的餐桌前。桌子上放着一块和台面一样大小的巨大的拼图，上面绘着一个开满鲜花的樱桃园，准确地说，是开满樱花的樱花园，就像泽菲尔甜点般一片粉白——山隐没在远方，山坡上有一座小房子，旁边是一座宝塔……"我拼了整整一冬天啊。"老太太庄严地说，

"怎么样,漂亮吗?"

"漂亮!"斯维纳戈尔"哦!哦!"地兴奋异常地赞叹,俨然一位美的鉴赏家。拼图闪着彩色塑料的光泽,流光溢彩。

双簧管演奏员感到困惑不解。就是说,整整一冬天?女人在很长的一段时间能安静地去完成一件单调且毫无意义的事情永远都令他感到惊讶不已。不知为什么他想到了安娜在他们婚前那段时间不停地织毛衣这件事。

"从新年大家散去我就开始拼了……你看,拼出多复杂的一幅画呀。"她指着拼图盒盖说。"全是一片紧挨着一片……你这个孩子肯定知道怎么弄,看你多年轻啊。"老太太目光犀利地看了斯维纳戈尔一眼,说道。

斯维纳戈尔被这句恭维话说得一脸开心的神色,但还是谦虚地纠正老太太:

"其实我也不年轻了……"

但老太太这时已经转过身去,对着双簧管演奏员说了一句让人意想不到的话:

"这就像演奏音乐。"

"是的,是的。"科斯佳咕哝道,"您不需要什么食物吗?我要去商店……"

"什么都不需要。"老太太干巴巴地回答。"我这儿什么都有,儿子给我买好了一切。"老太太不无骄傲地说。

他俩离开老太太家之后,双簧管演奏员问自己:今天老太太的展示是什么意思?不如说,这幅拼图就是个借口:老太太很好奇,她想好好看看斯维纳戈尔。但也许这里也不排除有一个艺术家很自然产生的骄傲和将自己的灵感成果展示给大家看的愿望……

双簧管演奏员每周给叶莲娜的女儿打一次电话,他倒是想经常打的,可是电话里的女孩一点儿也不热情,甚至气呼呼的,而且永远都是一成不变的:我妈好一些,医生说,两星期后她就能出院了。但从叶莲娜入院到现在过去的已经不是什么两个星期,而是整整三个月了。

双簧管演奏员早已习惯了这种思念,这种因不确定的因素变得越来越强烈的思念。他常常告诉自己,叶莲娜是真的病了,治疗会对她有好处。等她出了院,一切就都好了……他不停地劝说自己,就像我们大家做的那样,不停地想把不好的预感赶走。但事实上,那些最坏的猜测不断地向他逼近,常常是在他从思念中醒来的无眠的黎明时分:他的四肢麻木,突然在一瞬间仿佛跌落到哪里,仿佛在一秒钟心脏停止了跳动。

一天深夜,就在他接到那个命中注定的消息之前不久,他梦见他站在一个很高的地方,恐惧得浑身颤抖,呼吸几乎停止地向下看去。心脏一阵阵狂跳,他憋闷,脸涨红发烫,一下子醒了过来,看了一眼黎明前还昏暗的窗外,不知为何他想起了十三岁时一次在铁道环路桥的桥拱上和小伙伴们打赌的经历。那足以让他丢掉性命的"卓著功勋"的赌注是一个卢布。他们那时的口袋里从来就没有过再多的钱,但这一卢布他挣到手了。那时他一点儿也不害怕——只感到一种赌博带来的兴奋、快感。但现在他感到恐惧,这是什么,是对死亡的恐惧吗?双簧管演奏员打开音响,维瓦尔第的音乐响起,他明白,他不想死。不，他感受到的不是恐惧，而是深深的悲哀，音乐将会一直鸣响下去，一直，而他却很快就没有了……

很快三月也过去了。叶莲娜却一点消息也没有，而且双簧管演奏员再也没收到任何字条。安娜自从那次从尼斯打来了那个讨厌的电话之后就几乎从他的生活中消失了。一天，刚好他不在的时候她回了趟家，撞上了斯维纳戈尔。她打电话来冷嘲热讽地问：

"你家里的那个他怎么那么胆小啊？"

原来，斯维纳戈尔一听到安娜的声音——安娜有小楼家里的钥匙——就躲进了大衣柜，但却没有没逃过安娜的眼睛。她把他拽了出来，对着他恶狠狠地哈哈大笑，从此就不再回来了……

几天之后，双簧管演奏员得知了叶莲娜的死讯。

那天早晨，双簧管演奏员像往常一样给她的女儿打电话，一直没人接。终于他听到了那个熟悉的、拖得很长的"喂——"声……一听出他的声音，萨舒塔便恨恨地说：

"两天前我们已经把妈妈埋了……以后再也不要往这儿打电话了！"

说完她挂断了电话，他还什么都没来得及说。听着长长的嘟嘟声，他感到浑身无力，衰弱至极，差点跌坐到沙发上。不知为什么他突然想到，叶莲娜一定是自己服毒而死的，用的就是医生给她的那些药片。他想象得到临死前她是多么痛苦和她那由于剧痛而扭曲的样子。双簧管演奏员瞬间昏了过去，电话筒掉在地板上。

第十二章

1

他在医院里待了四天,之后医院就把他交给了斯维纳戈尔。斯维纳戈尔在医院里寸步不离他的病床,有时会哭,有时又会给他打气,跟他开玩笑。双簧管演奏员常常哀伤地想,现在除了斯维纳戈尔他已经没有亲人了。

除了已经诊断出的心肌梗死之外,医生怀疑,双簧管演奏员至少已经发过两次很小的梗死了。"但这只能在解剖之后才能确定了。"一位医生很客观地开玩笑说。

是斯维纳戈尔叫来医院的救护车。小城的医院格外干净,甚至还很舒适。当然就像所有给穷人开的医院一样,病号在这里要像犯人一样手拿勺子、杯子和饭盆,在一股子难闻的消毒水味儿的食堂里日复一日地打着稀得不能再稀的汤和一成不变的土豆布丁——这就是所谓的第二道菜,据说里面有肉。当然,也可以不吃食堂,如果犯人有关心他们的亲友,可以带些吃的进来。双簧管演奏员有亲人,但他却一块食物都咽不下去,只能喝点果汁。

医院允许把自己带来的食物放在公共冰箱里。在由于无聊随手翻看的一张很旧的报纸里，他看到这样一条消息，说是一个饥肠辘辘的农村小伙子，一个锅炉工，偷了一家医院公共冰箱里的白煮鸡，结果被判了两年徒刑。写这篇报道的初衷是想报道一件越狱案，因为这个小伙子不知想了什么法子从监室里消失了。要知道，想从关他和小偷、杀人犯的马特罗斯季什纳侦查隔离所逃走是完全不可能的。

五天后，人们在一大堆破布下面找到了小伙子。当时监狱大楼正在改建，因此楼内堆了很多破布；小伙子是在躲避号子里其他犯人的性骚扰。双簧管演奏员啪的一下扔掉了报纸；他想，俄罗斯真是千年不变啊。他还看到了这么一则消息，说是：交通部的官员们得意地宣称，一款新型带厕所的电气火车已经下线，当然，暂时无论是厕所还是火车都还只有独一份儿。这简直就是阿斯托尔夫-路易·莱奥诺尔①笔下的俄罗斯啊！双簧管演奏员郁闷地想，那个厕所还不一定好用呢……还有：机要通信服务以前配备的一直都是纯棉袋子，现在通信部取得了一项难以置信的成就，就是制作完成了橡胶袋子，以使国家各部门之间重要的信函不被弄湿，不遭水浸。他们向总统汇报，总统对此大加赞赏，不排除他们会获得特许证，要不就是获得国家大奖的可能……还有：有人从一家国家战略企业的

---

① 阿斯托尔夫-路易·莱奥诺尔（1790—1857），法国侯爵，旅行家，著名的游记作家。1839年他来到了俄罗斯，4年后创作出版了《俄罗斯1839年》，对在俄罗斯的所见所闻进行了记述。他笔下的俄罗斯野蛮、黑暗，充满了残酷的剥削与压迫。作家特别以大量的笔墨描写了俄罗斯上流社会贵族、官员的虚伪和无处不在的欺诈行为。

修船坞里偷走了水下核潜艇含钛的船舵和国家保密法严格保密的零件，拆分后用两辆大卡车运出船厂，当废铜烂铁卖了三十万，虽然一个船舵就至少值五百万……唉，幸亏米哈伊尔·叶夫格拉福维奇①没活到我们今天！

在这个令人不快的地方还有一种让人难受的娱乐：双簧管演奏员贪婪地观察着同病室里的五位病友，他们都病得很重，几乎必死无疑。这些病友的共同特征就是毫无血色。双簧管演奏员感觉，这些不幸的穷人并不了解自己不幸的程度，他们那苍白的脸上常常会充满微笑。他们常常很憨厚地玩闹，整天玩多米诺游戏，甚至那些只能稍稍从枕头上欠起身子的病人也踊跃参加。一个中风瘫痪、由于麻痹只有一只手能活动的病友告诉他，他是怎样挪动象棋棋子的。但很显然，他是想跟他下一盘，所以一直咕哝，可是也说不清楚，他多多少少能发清楚的一个词就只剩下妈妈了。玩完多米诺游戏，病友们深夜都会呻吟着，沉沉地睡去。

在双簧管演奏员住院的最后一天，医生允许他在走廊里走走，于是他便很好奇地到处看了看。让他吃惊的是，周围的这些人就像动物一般，迟钝到令人绝望的程度，即使处于如此难以想象的屈辱境地也依然愿意活下去，特别是女人和老人。即使有人向他们许诺说他们应该活在世上，但当他们无比神圣的生活权利，准确地说是生存权利受到质疑的时候是多么令人愤慨。双簧管演奏员想起，有一次他曾和叶莲娜抱怨说他事实上

---

① 米哈伊尔·叶夫格拉福维奇就是19世纪俄罗斯著名的讽刺作家萨尔蒂科夫-谢德林（1826—1889）。

从未感到自己是真正幸福的。"谁告诉你，你一定应该是幸福的呢？"叶莲娜回答……

他经常自言自语地和她说这说那，有时自己都没发觉声音很大。一次这样的谈话被斯维纳戈尔偶然听到，他很痛苦地说：

"你爱她。"

他吃醋了……

一次他和叶莲娜一起边烤羊肉串边聊天，双簧管演奏员开玩笑地聊起了女人怪异的天性。他说，以男人的眼光看来，女人应该更喜欢男中音，因为他们更具攻击性，更有男人味。但女人却偏偏喜爱更具女性特质的男高音，听到男高音她们往往会瞬间陷入性的高潮。叶莲娜对此回答说，他并没有完全准确地捕捉到性别之间的差别，并说出了一句令双簧管演奏员十分震惊的话：一切的根源就在于，女人重魔力，而男人重信仰；魔力是女人对上帝的要求，而祈祷则是男人对上帝的请求。这样看来，男中音是祈祷，而男高音则是施魔法……

当他和斯维纳戈尔一起乘出租车回到家的时候，他的手本想伸向伏特加。斯维纳戈尔生气地说：你既不能喝酒，也不能抽烟。

"那我干什么？"双簧管演奏员问。

"哦，你谈谈女人吧！"

"你想什么呢？"双簧管演奏员心不在焉地回答，"我独自躺在病房里，脑海里闪现着小时候的画面。小时候，每当我看老电影，我总是去注意女人的腿。女人总是穿着带背线的长筒丝袜，每根背线都必须绝对平整、竖直。要做到这一点是很需要付出些努力的，但好在能带来很不错的视觉享受……但这一切已不复重来了……"

"我懂你的意思。"斯维纳戈尔很陶醉地说。

"还有带橡皮筋的松紧腰，你还记得这种松紧腰吗？不，你不记得。有一次我还解开过……"

"康斯坦丁，你是个下流胚。"

"这种伴随着障碍以及克服障碍得到的快感再也找不到了，到处都是暧昧的丝袜和避孕套……该干什么呢？"

"我给你想出了一桩营生。"斯维纳戈尔说。他说，英国有一些无所事事的绅士给自己想出了这么个消遣：做一名观察手。他解释说，观察手要用望远镜跟踪飞机，并记录下它们的型号，以确定整个机体的专业化程度。的确，如果怀疑从事间谍活动，甚至可以把他们投入大牢。斯维纳戈尔叹了一口气。

"是啊，"双簧管演奏员也叹了口气，说，"你是对的，这工作的确很适合残废和白痴来干。你在哪张报纸上看到的？"

"你这旮旯地方有什么报纸，你逗呢，男士。我是听收音机听来的。"

双簧管演奏员此时对他感到的不是爱恋，而是感激。他第一次触碰了斯维纳戈尔一下，握住了斯维纳戈尔的手。后者微笑了一下，但很忧郁。

2

四月临近，双簧管演奏员的身体已完全恢复了。他已经开始偷偷地给自己来一点威士忌——一点点，就一个杯子底的量——也偶尔动一动双簧管。这之前他一直都没碰，现在就为了感受一下，捡起了荒废的正事。他待得太久了，身体就像一条长满了浮萍的小河，现在他必须活动活动，让这条河流起来了；他必须忘记那些关于疾病、医院的回忆。关于叶莲娜的死，他一直都禁止自己去想，但是叶莲娜，当然，几乎每一个深夜都依然会进入他的梦乡。

双簧管演奏员请求头儿能够组织一次去特维尔①和奥斯塔什科夫②的演出活动，因为那里的观众总是很热情地接待他们这些远道而来的音乐家，也是时候让同事们高兴起来了。除此之外，他依然希望秋天能再去一趟西班牙。

在特维尔一切都进展得非常完美，之后他们继续前行。曾几何时，他多次到过这座舒适的北方小城——那还是在里赫特在世举办谢利格尔湖③音乐节的时候。但这一切已然过去，如今成了历史。他没再去的这些年，奥斯塔什科夫变成什么样了！他曾经一直光顾的谢利格尔宾馆早已关张，那座建筑年久失修，变得破败不堪。铁将军把门，楼面到处是水痕，仿佛是被从上到下用污水泼了一遍似的。原来商人聚居的老城区看上去就像是刚被轰炸过：整条中心大街两侧的一幢幢小楼都破破烂烂，没窗没门。他们不得不住进当地党员的别墅里——顺便

---

① 特维尔，俄罗斯城市，位于俄罗斯联邦西部，特维尔州首府。
② 奥斯塔什科夫，俄罗斯城市，位于特维尔州。
③ 谢利格尔湖，位于俄罗斯联邦西部的瓦尔代丘陵，特维尔州和诺夫哥罗德州交界处，面积262.5平方公里，风景优美，是重要的旅游休闲之地。每年夏天这里都举办名为"谢利格尔湖畔的音乐晚会"的国际音乐节。奥斯塔什科夫是沿湖最主要的城市。

说一句，那时的区委书记现在叫市长。成为当地名流家的常客其实很方便：别墅里有几个很干净的客房，有桑拿浴室，谢利格尔湖的湖水就在窗外拍打，发出哗哗的声响。一条老旧但很漂亮的小型打鱼船在湖面上飘荡。得知有首都的客人入住，几个还在中学读十年级的小妓女就不停地打来电话，开出的价钱少得可怜——只有一百卢布。为了不使巡回演出变成一通混乱，双簧管演奏员不得不起身捍卫大家。谢天谢地，头儿这一次没跟大家一道来——那位这几天病了，于是就留在了莫斯科。其实他是觉得不去西方，而是去俄罗斯的外省巡演太有损他的自尊，所以没来。是的，他就是来了，在这些又便宜又鲜嫩的小妞面前也把持不住。

在这里只能到亚美尼亚餐厅去吃饭：俄罗斯人看来已经没能耐给自己弄口吃的了。这满大街遇见的人和事就是明证：当地的男人都喝得醉醺醺的，赤脚穿着套鞋，在破败的街道上骑着自行车，很显然是去喝醒酒酒的；老城区没有一根水管子里有水，于是女人们穿着胶鞋像马一样拉着小推车一桶一桶地从消防栓拉水回来；市长别墅的女主人，一位来自哈萨克斯坦的粗壮的女人，这个外乡女人这会儿成了这里的厨子和老鸨，她说，建筑工地的水管里原来有水，可是一个月前就像切断煤气那样把水也给切断了。他们特别不习惯用煤气罐……

他们演出了两场，每场观众只有三成，这当然已经是创了纪录。于是他们虽然本来是想举办四场的，现在只好离开。但话说回来，这对于五月来说已经是个不错的开端了，因为湖岸上那些苟延残喘的旅游基地还空无一人，而住在别墅里的人们也不来。双簧管演员还记得，在这个他曾经无比钟情的小城里曾经生活着一批知识分子，尽管数量不大，但现在纯粹的观众已然不复存在，场上清一色是退了休的老太太。也许，她们正是当年那些热衷于音乐的观众：她们老了，而新观众还没形成……外省啊，永远散发着忧郁的气息，但现在这种忧郁更像是无望的忧伤：生活在这里真是毫无快乐可言……

当车子驶近家所在的小城的时候，双簧管演奏员竟傻傻地感到一阵激动——就像从前，每当巡演回来，知道安娜和烛光晚餐在家里等着他的时候，他都感到幸福，感到激动。车子拐上通往克洛波沃的路，当他几乎看到远处那座红砖小楼的时候，他竟惊慌起来。他从车里下来，拿出后备箱中一个散发着熏鳗鱼浓浓气味的包——全俄罗斯只有奥斯塔什科夫的市场上能买到这种在禁捕区偷捕出来的美味。双簧管演奏员知道斯维纳戈尔对滑稽表演有特殊的偏好，便买了一些很逗乐的小渔船给他做礼物……他按响了门铃，但没有人应。双簧管演奏员用钥匙打开了家门，门厅里一片漆黑。家里一股难闻的味道，也不知是汗味还是酒味，还有一股劣质烟的烟油子味。双簧管演奏员看了一眼客厅：茶几上放着几个没洗的脏酒杯、一个盛着酸白菜的剩菜盘子和一个波尔特温酒的酒瓶子，没人。这时他突然听到楼上传来窸窸窣窣的声音，于是慌忙三步并作两步飞奔到二楼。卧室里浑身赤裸的斯维纳戈尔坐在床上，像女人一样用被子遮着胸部，而一个醉醺醺的士兵单脚在床前蹦来跳去，另一只脚怎么也无法伸进裤腿，两只臭烘烘的靴子胡乱地扔在地板上。

"滚！"双簧管演奏员大声吼道，"快滚出去！"

当兵的抓起自己的东西，光着脚，只穿着内裤和背心，侧着身子从双簧管演奏员面前挤过，跑近走廊的楼梯，晃晃悠悠地跑下楼，好像在最下面的台阶上摔了一跟头。

"康斯坦丁，"斯维纳戈尔苦着脸柔声说道，"您千万别激动，听我解释……"

"这事我来给你解释！"双簧管演奏员吼道。

他转身离开了卧室，来到阳台。光着身子的士兵就这样一直光着脚跳到了屋前的台阶上，然后迅速向林子的方向跑去。小楼里的住户都用贪婪、凶狠、好奇的目光盯着他远去的背影，直到士兵消失在浓密的树影里，老太太这才抬起头，目光停在了站在阳台上的双簧管演奏员身上；普季岑太太也朝这个方向看过来，只是冉娜看不到他。老太太一言未发，这太有背她的习惯了。但这其实就是发声了，准确地说，比发声更狠。

3

双簧管演奏员命令斯维纳戈尔把一切都收走，洗掉，擦干净地板。当房客在忙家务的时候，主人打开门窗给家通了通风。干完活，斯维纳戈尔肉麻地微笑着，一脸的恭顺，戴着围裙走进客厅，身体倚在门框上。双簧管演奏员看着电视，手里拿着威士忌，仿佛这个地球上根本就不存在斯维纳戈尔这个人似的。沉默了半天，斯维纳戈尔矫揉造作地说：

第十二章

"哦,康斯坦丁,您自己决定吧,您还从来都没有打过我。"

"这就想狠狠打你一顿……"

"求您了,不要啊!"

"你赶紧滚蛋。"

"哦,亲爱的,您让我去哪儿啊?"

"赶紧,"双簧管演奏员重复了一遍,看都不看斯维纳戈尔一眼,"哪儿来的滚哪儿去。"

还没喝完手里的酒,黄昏来临时,双簧管演奏员就心软了,允许斯维纳戈尔待到早晨。他万万没有想到,这个决定竟然是致命的……晚上,双簧管演奏员彻底心软了,开始给斯维纳戈尔讲奥斯塔什科夫的事,讲那里党员的房子。斯维纳戈尔盖着毛毯躺在沙发上,他听着科斯佳的笑话,笑着……第二天一早,找斯维纳戈尔的人来了。

带队的就是那个鞑靼警察,但这一次跟他一起来的还有两个背着冲锋枪、身穿迷彩服的人:一个是快速反应部队的,一个是特警——双簧管演奏员从来就搞不清这些事。他们先是按响了门铃,接着就开始用脚狠踹。双簧管演奏员急忙披上衣服下楼开门。这时斯维纳戈尔已经穿戴整齐,收拾好了自己的东西。他心里明白,他这应该是碰到事儿了,但表现得却格外勇敢,有尊严,反倒是双簧管演奏员感到很害怕。

"又不是发配到科雷马。"斯维纳戈尔一副饱经世事的人的口气。

"到底怎么回事?"

"没什么。只是我像一片落叶一样被赶得到处流浪。"

但当他们相拥告别——这也是第一次拥抱——的时候，双簧管演奏员明显感到，斯维纳戈尔全身都在颤抖。

鞑靼警官收走了斯维纳戈尔的身份证，说了句"走吧"，几个人便向那辆"嘎斯"汽车走去。向鞑靼警官打听情况是没有意义的，双簧管演奏员默默地站在台阶上：他决定马上去趟警署。

当然，小楼里的邻居全都纷纷拥到院子里。大家头发蓬乱，衣冠不整，迷迷糊糊地在还未升起的太阳下皱着眉头。老太太，这位荣耀的多尔玛尼昂家族的头领，也站在院子里；还有她的儿子，他们家的饮食大总管，他的姐姐安热拉，他的妻子尼娜，还有睡眼惺忪的孩子们，两个女孩和卡连奇克。普季岑警官不停地用手搔着自己赤裸的前胸，清晨清新空气的刺激和昨夜的宿醉让他一个劲儿地要打嗝，他只好拼命忍住。他的旁边还有妻子赫莉，眯着一双近视眼。他们的女儿没在——已经在读预科了。宇航员也在，他的妻子冉娜——雪白的乳房从几乎大敞着的睡衣里露了出来……斯维纳戈尔回过神，对着邻居们，看到如此壮观的场景，他突然感到一阵伤心。他把双手叠放在胸前，说出了简短的一段话。面对这些沉闷而迷蒙的人就仿佛是面对整个人类。

他说：

"人们啊，我不需要你们的花园，无论是石砌的日本式花园、塑料拼图，还是你们的晒台，我自己就如同一座花园。如果你们知道，为了让我出现在地球上，大自然和整个文化需要发生多少事件就好了！噢，如果你们知道，就会对我无比恭敬！永别了！"

"挺住啊，小伙子！"宇航员突如其来地喊了一嗓子，其他人都一言未发。

斯维纳戈尔还想补充些什么，但他的后背被枪托轻轻地推了一下，他们——被逮捕的和逮捕别人的——一起钻进汽车不见了。

村里人不知从哪里探听到会有这么一场好看的光景，也都聚成一群在看热闹：破旧的呢大衣直接套在睡衣外面，好多男人光着膀子套一件棉背心。不远处的一个女人，两脚连袜子也没穿就穿在套鞋里，好在披了一条披肩——她住在马路对面，在臭水坑旁边搭了一个鸡窝，双簧管演奏员有时会到她那里买些鸡蛋。她很理智而且很满足地说：早就该这样了。当一切都结束了，"嘎斯"汽车开走了，亚瑟转过身面对着双簧管演奏员。

"真的不能再这样下去了……我一直忍着，可那个当兵的……我家里可有孩子啊！"他说。同时他也承认，是他们亚美尼亚人告的密，而其他人都很赞同他的做法，除了宇航员，因为他正在和普季岑太太赫莉·瓦西里耶夫娜为一块地打官司，所以无论如何也不愿意和她站在同一个战壕里……

没用一个小时，双簧管演奏员就穿好了衣服，把车子开了出来，在依然沉睡的小城路上转悠，最后他终于找到了警察分局。一个值班的中尉在打瞌睡。双簧管演奏员确信，斯维纳戈尔一定在猴舍①里，但隔离栅后面的房间是空的。值班员没有

---

① 就是拘押室，"猴舍"是俚语。

立刻明白双簧管演奏员的来意：我们这儿没这个人。后来一下想到了：

"噢，你是说那个斯维纳连柯啊，这个鬼东西没办居住手续吗？所以我们这儿没有这个人，他被直接带去莫斯科了。"

但当问到斯维纳连柯到底干了什么的时候，值班中尉耸了耸肩说：他非法居住。他是从乌克兰来的，回头莫斯科警察会罚他的款，然后把他遣返，让他们自己的警察去查他到底犯了什么事吧……突然他一下子清醒了，打量着双簧管演奏员问道：

"您是他什么人？"

"哥哥。"双簧管演奏员回答。

"您有居住证吗？"警察满怀希望地问道。

"有。"

这下双簧管演奏员明白了，他再也见不到斯维纳戈尔了。他走出警局，站在满是瓜子皮的台阶上哭了起来，要知道他得知叶莲娜的死讯时都没哭。

看过我手稿的一位同志认为，整部小说必须有个尾声。好吧。多尔玛尼昂家像过去一样生活着：亲朋好友相聚，羊肉串喷香。日子越过越好，孩子越长越大；老太太七十好几了还跟没事儿人似的，肯定能长寿；那个哈姆雷特到底也没跟安热拉结婚，虽然每周他都到她这儿来一次。塔尼亚虽没考取到邵欣教授身边，但却出嫁了，只是没有嫁给那个抽抽巴巴的矬子，而是嫁给了另一个人；她的父母离婚了，赫尔加孤独一人留在小楼里；普季岑那辆几乎像坦克一样的沃尔沃也开得散了架，他把户口迁到了一个女人家，那女人后来死了，于是他也一个人过日子。宇航员依然在挖地，冉娜发胖了，双下巴也出来了。还有什么？安娜开始读波德莱尔，并将所读的东西用自己的语言转述给周围的朋友们听；她已经做好了当外婆的准备，并不再抗拒这个念头，虽然不久前她还一想到这个未来就抑制不住心里的邪火；在女儿怀孕期间，安娜逛了两三次商店，去挑选婴儿推车和尿不湿……大家的日子都没什么变化。

至于双簧管演奏员，在上面所描写的一切发生不到一个月之后，他就像极具代表性的中年知识分子惯常的那样变得判若两人，几乎成了一个农村的傻瓜。他不修边幅，胡子拉碴——准确地说，暂时还是灰白的短胡子；他开始喝村里的铺子卖的劣质伏特加，他以前从来都不碰那种玩意儿，甚至读大学很穷的时候。现在他根本没有清醒的时候，因为他已经不再自己做饭，喝酒的时候就随便啃两口烂苹果；好的时候，就着售货员切给他的过期的香肠喝。他一天到晚都穿着家居服，趿拉着一双破拖鞋到处跑，自言自语。他最珍贵的双簧管、神奇的黑管——村里人现在都叫他吹喇叭的傻子——倒是走到哪儿带到哪儿，下雨的时候也不离手，这简直难以想象，仿佛怕它们从手里溜掉似的，但却从不见去吹它们……

他是这样死的。六月中旬的一天清晨，天气很温暖，双簧管演奏员来到长满松树的山谷对岸去晒太阳。他选了山丘上一块被太阳晒得很暖的地方，背靠一棵树坐了下来。这时，一个牧人赶着 MK 副业村的奶牛群也来到林边的这块空地，奶牛把散发着奶油气味的热乎乎的牛粪拉在这里、那里,到处都是。于是双簧管演奏员吹起了他的双簧管,这是一首牧歌,当然,如果是原曲演奏的话,用的应该是牧笛。

吹到一半,他感到一阵无力,于是把双簧管放在旁边的草地上。他突然感觉身体变得格外轻盈,他想起了很久没有想起的母亲,然后是叶莲娜,画面在眼前相互重叠、交织、变幻。他还想起了某种快乐得无以复加的、强烈的、幸福的东西,可到底是什么,他已无力捕捉。于是他躺倒在草地上,闭上了双眼。四周是各种机敏灵动的昆虫,苍蝇嗡嗡,蜻蜓翻飞,蚂蚁爬上了双簧管演奏员的身体。鲜花散发着各色香气,一只长着深栗色翅膀的蝴蝶飞了过来;它的翅膀上部是白色的花纹,而下部是如同虞美人花瓣一般柔和的鲜红色,点缀着白色的斑点。蝴蝶在双簧管演奏员的上方飞舞,落在他依然温暖湿润的额头上。

译后记

中国读者对于俄罗斯文学的阅读和了解由来已久，在灿若星河的俄罗斯作家当中，尼古拉·克里蒙托维奇的名字是比较陌生的。但在当代，克里蒙托维奇在俄罗斯读者当中却极负盛名，堪称当代俄罗斯小说界最具代表性的作家之一，他的作品以其对现实生活敏锐的感受和真实、细致的反映而被誉为"近三十年俄罗斯生活的百科全书"，被译成英、法、意等多国文字在全世界出版发行。本书是克里蒙托维奇的代表作之一。

尼古拉·克里蒙托维奇1951年出生在莫斯科一个知识分子家庭，父亲尤里·利沃维奇·克里蒙托维奇是莫斯科大学的教授，著名的统计物理学及等离子体物理学家。尼古拉·克里蒙托维奇从小天资聪颖，1974年毕业于莫斯科大学物理系。20世纪七八十年代，克里蒙托维奇的家庭与当时苏联的许多持不同政见者关系密切，因此大学毕业后，他没有选择走科学研究之路，而是成为一名记者，并先后担任纽约《新俄罗斯文学报》莫斯科部的主任，《生意人日报》、《俄罗斯电讯报》、《大众报》、《独立报》以及《首都》杂志的专栏作者。他一边从事新闻工作，一边开始了文学创作。1977年，他的处女作——中短篇小说集《早岸》问世。80年代，其作品多发表在国外，如1982年剧作《主人公出走》刊登在一家美国出版社出版的文集《目录》中。

90年代后，克里蒙托维奇的创作进入了高产阶段，几乎每年都有新作品问世，主要有长篇小说《大路通罗马》(1994)、《最后一份报纸》(2000)、《阿尔巴特大街的终结》(2001)、《那时那地——一个宽容青年的笔记》(2002)、《只是一个岛》(2007)、《最后的教训》(2008)、《别佳·卡姆涅夫的下流事》(2009)、《演讲》(2011)、《一个欧洲人的悖论》(2013)，还有一些短篇小说集等。除了小说，戏剧在克里蒙托维奇的整个创作中也占有很大的比重，他的《雪·离监狱不远的地方》《卡拉马佐夫一家和地狱》《石榴石手镯》等都是俄罗斯各大城市舞台上的热门剧目，盛演不衰。

纵观克里蒙托维奇的创作，其作品鲜明的特点首先就是它的自传性，他常常以自己真实的生活经历作为创作素材。在一次采访中，他谈到长篇小说《最后的教训》时说："这是我第三本尝试写我自己的童年和成长的书，素材实际上依然是：我的家，60年代，告别令人心痛的过去，父母那一代重新开始生活的尝试。"而前两本则指的是《阿尔巴特大街的终结》与《那时那地——一个宽容青年的笔记》。虚构小说的主人公也永远是与作家本人经历相似之人，即人到中年的知识分子。他们的青春岁月是在苏联时期度过的，他们的世界观、人生观均形成于那个年代，但现在又不得不去适应俄罗斯新体制下的生活。谈到这一代人，作家在一次采访中这样说："可以说，我们是很无趣的一代人,我们没有赶上战争,也没有遭遇饥饿和贫困。我们读书、踢球,希望能有几条时髦的裤子,我们听巴赫的音乐,听滚石的唱片,甚至我们在性方面的成长也很轻松:没什么严格的禁忌,也没有因偷食禁果而产生任何痛苦的后果。一切就是这样过去的,但这仅仅是表面的、外在的。我们在很多时候都感到忧郁,我们做梦、自责、反省。"不仅如此,生活猛然翻转到了陌生的一面,曾经似乎无比稳固的生活却在猝不及防之间"像纸牌屋一样坍塌了"。在他的自传体小说《阿尔巴特大街的终结》中,作家心痛地描写到,一所承载了他童年欢乐、对父母的温暖记忆以及和小伙伴友情的房子一夜之间就从他的眼前消失了,变成了一个混乱不堪的停车场。"看着那块突然变得空荡荡的地方,我感到仿佛一只脚已经滑到了深渊的上方,滑到了时间的悬崖边。"这是作家及他笔下主人公真切的感受,他们失落、苦闷,甚至恐惧,面对种种问题,他们不屑于随波逐流,但又无力改变现状,看不到出路,只能茫然地看着周围一切发生的剧烈变化。

作家通过揭示新体制下知识分子遭遇的各种问题,描写了他们内心的矛盾、痛苦和生活境况。在俄罗斯文学中,这样的一类人并不鲜见,可以说,他们就是新时代的"多余人",如此而已。

1994年,小说《大路通罗马》出版,该书以公开自由的性描写获得了评论界与读者的热烈喝彩。该书的主人公是一位年轻作家,他从中学时代起就开始了自己的猎艳之旅,而且只"猎捕"外国女人。这些女人对他来说绝不仅仅是刺激了他男性荷尔蒙的分泌，更重要的是，在他看来，她们是满怀对西方世界好奇心的他窥视和了解这个被禁的陌生世界的窗口。他的理想在一段段的接触中实现了，但这一切没能弥补他精神上的空虚，反而使他更加痛苦，因为他意识到，在这一过程中他也给别人带来了痛苦。这是一个典型的"当代英雄"式的人物，最终他还是回到了俄罗斯。

《最后一份报纸》中的主人公是一家报社的专栏作者，他曾经是一位职业作家，但在新的形势下，作家已不再是令人羡慕和尊敬的职业，反而令他一家人的生活难以为继。小说主人公辛辛苦苦创作了一部20多页的短篇小说，却仅仅拿到12.5美金的稿酬，出版商还美其名曰每一次再版都将支付版税给他。但严肃文学是没有市场的，再版根本无从谈起。无奈之下他去了一家报社，看重的就是那一份不至于让妻子和女儿叹气的薪水，就是让老母亲不再为他的柴米油盐操心。在他看来，无论是作家还是新闻工作者都应具有强烈的社会责任感，揭示永恒才是他们的使命。但是他真实的"创作"生活却被各种琐事所占据，新闻界的各种"新"现象更是令他心忧：栏目花哨，谎话连篇，庸俗作品铺天盖地，赚钱成为新闻人唯一的"信仰"……他的"书呆子气"令他很不讨领导和同事的喜欢，这个"多余人"即使出卖自己手中的那只"笔"也依然找不到自己的位置。

这次奉献给中国读者的这部长篇小说《步履维艰：我们是亚美尼亚人，您是吹双簧管的》延续了克里蒙托维奇一贯的创作风格——对社会怪现象的揭露以及对知识分子内心挣扎的反映。小说情节是这样的：主人公康斯坦丁是一位双簧管演奏员，他年少成功，在国内外音乐界颇有名气。尽管前三次婚姻并不幸福，但这并没有影响他一直过着令人羡慕的艺术家的生活。如今人到中年，他已厌倦了巡回演出的不稳定生活。他对生活的要求并不高，只希望能好好工作，能有一所自己的房子、一个自己的家和一份真正的爱情。然而苏联解体了，社会发生了巨大的变革，一切事和人都变得"面目全非"，双簧管演奏员感到很不适应，成了一个当代的"多余人"，用作品中的话说就是"失败者"。他很想拥有一个真正属于自己的"窝"，他买了自己的房子，但那里并不是家；他有了新邻居，但大家面和心不合；他有了自己深爱的人，但她却遭遇不幸而死；他希望能好好演奏音乐，但……一地鸡毛的琐碎生活令他身心俱疲，焦头烂额，最后郁郁而终。

　　小说中人物众多，但每一个都个性鲜明。主人公双簧管演奏员是克里蒙托维奇笔下典型的知识分子形象，这一形象的关键词就是"厌倦"。在工作上，他才华横溢，事业有成，但随着年龄的增长和周围环境的变化，他日益消沉。曾经无比神圣的音乐光环退却，音乐不再是他的信仰和一生的事业，而是逐渐"沦为"他谋生的手段，他只是"在艺术的周围挣扎"而已。在感情上，一直以来，玉树临风的他都很有女人缘，后来他遇到了安娜，以为找到了爱情，可实际上安娜与他是完全不同的两类人，她觊觎的是他的房子和各种优越条件。直到遇上叶莲娜，他才感受到了真正的爱情。可是当叶莲娜被不公正地对待，被强行送进精神病院时，他尽管焦急万分，却束手无策，只能被动等待，最终叶莲娜惨死在医院。在处世上，他为人真诚，少有城府；但他恃才自傲，总是居高临下地看待周围的人和事，对于周围邻居的粗俗以及小市民行为从内心感到厌倦和不齿，然而他却过得不如人家，即使在经济上也远比那些人拮据。他厌倦了一切，又无力改变，"就想待在家里，穿着家居服和拖鞋"，选择逃避、酗酒。

小说中的另一个人物——他的妻子安娜却属于在市场经济大潮中游刃有余的一类人，用一个关键词概括她就是"钻营"。安娜虽出身于将军之家，但家中根深蒂固的小市民气息还是深刻地影响了她。苏联还没解体，安娜就嗅出了市场经济的味道，她迅速离开了科研机构，进入一家私企，之后便开始了不择手段地折腾房子、车子、票子的过程。比起安娜，警官的妻子赫莉更是有过之而无不及，坑蒙拐骗无所不用其极。她们不仅房子、车子、票子一应俱全，而且心安理得地享受得来的一切。

克里蒙托维奇小说的另一个特点就是情节的弱化和大量的细节描写。英国著名作家弗吉尼亚·伍尔夫曾说过："如果作家是个自由人，而不是奴隶，如果他能按照自己的意愿创作，而不是墨守成规，如果他能将自己的作品基于本人的感受，而不是听凭传统的摆布，那么作品中就不会有情节。"纵观克里蒙托维奇的创作，我们不难看出，作品中少有刻意编排的"引人入胜"的情节，生活以其平缓、琐碎甚至枯燥的本来面目在字里行间流淌，而且"裹挟着"大量的细节描写。比如在此次翻译的这本小说中，作家对安娜父母家中陈设的记录仿佛不是出自作家的一支笔，而是出自一台摄像机。读起来尽管冗长而无趣，但小市民的生活气息却跃然纸上。克里蒙托维奇对生活细节的精准把握甚至到了能够引起读者生理反应的地步，正如俄罗斯文学评论家巴辛斯基所说：作品中被"精准捕捉到的七八十年代社会名士的生活细节即使没有作家超自然的锐利目光也清晰可见，它们在文中形成的那种调子是那样准确和令人信服，以至于读者看到那些熟悉的事物甚至会感到有蚂蚁在后背沙沙地爬行"。正是这些细节的巧妙组合模糊了艺术现实与生活现实的界限，通过它们，作家像拼贴马赛克一样勾画出了一幅新时代俄罗斯的生活画卷。对此俄罗斯当代著名文学评论家叶莲娜·舒宾娜认为："在我看来，尼古拉·克里蒙托维奇发明了一种全新的体裁，因为这是实实在在的自传体小说，是的，是没有谎言的小说。"

在互联网上能够看到一个署名 Dondanillo 的人的博客，也许可以作为这篇"译后记"的结尾。博客的作者称尼古拉·克里蒙托维奇是他父母的朋友，后来他也成了作家的朋友，经常去作家家里做客。2015 年 6 月 4 日，尼古拉·克里蒙托维奇病逝，这个朋友在 6 月 5 日的博客中写道："在文学界不可避免的等级中，他（指尼古拉·克里蒙托维奇）被称作'第二梯队的作家'，他从来不是文学'明星'，但在这个界定中没有任何贬低的意思。即使是'第二梯队'的，强大的作家也能创造出有血有肉的作品，只有天才才能在它的语境和空间中闪闪发光。他自己分明很清楚这一点，因此在我看来，他一点儿也不因为目前的境况而感到哀伤，只是勤奋工作，不断写书。他是一位诚实的文学工作者。我的经验显示，随着时间的推移，阅读这些'第二梯队'作者的作品常常比阅读公认的当代经典作家笔下那些平淡无奇的作品来得更加有趣。我认为,我一定会再次翻开克里蒙托维奇的书。"

最后感谢中国人民大学出版社对我的信任和对我专业水准的认可,将如此优秀的一部作品委托我翻译。翻译的过程艰辛而快乐,翻译本书的难点主要在于文中大量的细节描写以及我对亚美尼亚的民族风俗缺乏足够的了解。感谢我的朋友娜塔莉亚·卡兹别尔娃女士。她来自位于高加索山脉北麓的弗拉季高加索城,是奥塞梯族人,对高加索各民族的文化习俗非常了解。正是在她的热心帮助下,小说的翻译才得以最终完成,在此对她表示真诚的感谢。

叶 红

2018 年 8 月 19 日于上海

本书为中国国家新闻出版广电总局和俄罗斯出版与大众传媒署批准的《中俄文学互译出版项目·俄罗斯文库》。由中国文字著作权协会和俄罗斯翻译学院负责组织实施。

图书在版编目（CIP）数据

步履维艰：我们是亚美尼亚人，您是吹双簧管的/（俄罗斯）尼古拉·克里蒙托维奇著；叶红译. —北京：中国人民大学出版社，2018.9
（俄罗斯文库）
ISBN 978-7-300-26152-2

Ⅰ.①步… Ⅱ.①尼…②叶… Ⅲ.①长篇小说-俄罗斯-现代 Ⅳ.①I512.45

中国版本图书馆 CIP 数据核字（2018）第 193944 号

中俄文学互译出版项目·俄罗斯文库
步履维艰：我们是亚美尼亚人，您是吹双簧管的
[俄] 尼古拉·克里蒙托维奇（Николай Климонтович） 著
叶 红 译
Bulüweijian: Women shi Yameiniya Ren, Nin shi Chui Shuanghuangguan de

出版发行	中国人民大学出版社			
社　　址	北京中关村大街 31 号	邮政编码	100080	
电　　话	010-62511242（总编室）	010-62511770（质管部）		
	010-82501766（邮购部）	010-62514148（门市部）		
	010-62515195（发行公司）	010-62515275（盗版举报）		
网　　址	http://www.crup.com.cn			
	http://www.ttrnet.com（人大教研网）			
经　　销	新华书店			
印　　刷	北京联兴盛业印刷股份有限公司			
规　　格	148 mm×210 mm 32 开本	版　次	2018 年 9 月第 1 版	
印　　张	6.75 插页 2	印　次	2018 年 9 月第 1 次印刷	
字　　数	134 000	定　价	38.00 元	

版权所有　　侵权必究　　印装差错　　负责调换